Learn German
with
Time Travel Stories

German A1 Reader

Brian Smith

German Graded Readers

For more books and E-book options visit:

www.briansmith.de

Zeitreise ins Jahr 2084

1. Die Erfindung

In einer kleinen Stadt in Deutschland gibt es ein großes Haus. In diesem Haus arbeitet Professor Konrad Haas in seinem Labor. Er ist ein junger Mann mit blonden Haaren, aber seine blauen Augen leuchten vor Aufregung. Heute ist ein besonderer Tag für ihn.

"Ich habe es geschafft!", ruft er laut.

In der Mitte des Raumes steht eine große Maschine. Sie sieht sehr kompliziert aus. Viele Kabel und Lichter sind an der Maschine. Konrad lächelt und sagt: "Das ist meine Zeitmaschine!"

Am Abend kommen Konrads Familie und Freunde zu ihm. Sie wollen seine neue Erfindung sehen. Konrad zeigt ihnen die Maschine und sagt: "Mit dieser Maschine kann ich in die Zukunft oder in die Vergangenheit reisen!"

Seine Freunde sind beeindruckt. "Das ist unglaublich!", sagt ein Freund. "Wie funktioniert sie?"

Konrad erklärt: "Man muss nur das Jahr eingeben und dann auf den Startknopf drücken. Dann reist man durch die Zeit."

Seine Tochter, Anna, sieht besorgt aus. "Vater, ist das nicht gefährlich?", fragt sie.

Konrad lächelt. "Keine Sorge, Anna. Ich habe alles getestet. Es ist sicher."

Aber seine Frau sagt: "Konrad, ich habe Angst. Was ist, wenn du nicht zurückkommst?"

Konrad schaut sie an und sagt: "Ich komme zurück. Ich will nur kurz ins Jahr 2084 reisen. Ich will sehen, wie die Welt in der Zukunft aussieht."

Trotz der Warnungen seiner Familie und Freunde entscheidet sich Konrad, in die Zukunft zu reisen. Alle schauen gespannt zu, wie er in die Maschine steigt. Er gibt das Jahr 2084 ein und drückt auf den Startknopf. Mit einem lauten Geräusch beginnt die

Maschine zu arbeiten. Es wird hell und dann ist alles wieder normal. Aber Konrad ist weg.

Anna ruft: "Vater! Wo bist du?"

Aber es gibt keine Antwort. Die Zeitmaschine ist leer. Konrad Haas ist im Jahr 2084.

1. Aufregung – Excitement
2. Besorgt – Worried
3. Einzigartig – Unique
4. Erfindung – Invention
5. Familie – Family
6. Freunde – Friends
7. Gefährlich – Dangerous
8. Geräusch – Noise
9. Kabel – Cables
10. Kompliziert – Complicated
11. Labor – Laboratory
12. Leuchten – Glow
13. Maschine – Machine
14. Reisen – Travel
15. Sorgen – Worry
16. Startknopf – Start button
17. Testen – Test
18. Unglaublich – Incredible
19. Warnungen – Warnings
20. Zukunft – Future

2. Ankunft in der Zukunft

Konrad öffnet langsam die Tür seiner Zeitmaschine und tritt heraus. Überall sieht er hohe Gebäude aus Glas und Metall, die in den Himmel ragen. Sie glänzen in der Sonne. Er sieht Autos, aber sie fliegen in der Luft. Es gibt keine Räder an den Autos. Über den Straßen schweben kleine Drohnen, die hin und her fliegen. Konrad ist beeindruckt.

"Wow!", denkt er. "Die Zukunft ist fantastisch!"

Aber dann bemerkt er etwas Seltsames. Die Straßen sind leer. Es gibt keine Menschen. Die Autos fliegen alleine. Die Geschäfte sind geschlossen. Alles ist still. Kein Lärm. Kein Lachen. Keine Musik.

Konrad fühlt sich plötzlich unwohl. "Wo sind die Menschen?", fragt er sich.

Er geht weiter und sucht nach jemandem. Aber die Stadt ist verlassen. Es sieht aus, als ob niemand hier lebt. Die Atmosphäre ist unheimlich. Es gibt kein Leben.

Konrad wird ängstlich. "Was ist hier passiert?", denkt er. "Warum ist die Stadt so leer?"

Er geht zu einem großen Bildschirm an einem Gebäude. Der Bildschirm ist an, aber er zeigt nur eine Nachricht: "Bleiben Sie zu Hause. Es ist sicher."

Konrad versteht nicht. "Warum?", fragt er sich. "Was ist hier los?"

Er geht weiter und kommt zu einem Park. Der Park sieht alt und ungepflegt aus. Das Gras ist lang und die Blumen sind verwelkt. Auf einer Bank sitzt ein alter Mann. Er sieht traurig aus.

Konrad geht zu ihm und sagt: "Hallo! Ich bin Konrad. Wo sind die Menschen? Warum ist die Stadt so leer?"

Der alte Mann schaut ihn überrascht an. "Du kommst nicht von hier, oder?", fragt er.

Konrad schüttelt den Kopf. "Nein, ich komme aus der Vergangenheit. Ich habe eine Zeitmaschine."

Der alte Mann lächelt traurig. "Die Vergangenheit... Das war eine schöne Zeit."

Konrad setzt sich neben ihn. "Was ist hier passiert?", fragt er.

Der alte Mann seufzt. "Es gibt eine Krankheit. Sie kam vor vielen Jahren. Viele Menschen sind krank geworden und gestorben. Die anderen haben Angst und bleiben zu Hause. Die Stadt ist jetzt leer."

Konrad ist schockiert. "Das ist schrecklich!", sagt er.

Der alte Mann nickt. "Ja, es ist sehr traurig."

Konrad denkt nach. "Ich muss zurück in meine Zeit. Ich muss meine Familie warnen."

Der alte Mann lächelt. "Ja, das solltest du tun."

Konrad steht auf. "Danke für die Information. Pass auf dich auf."

Der alte Mann nickt. "Du auch, Konrad. Gute Reise."

Konrad möchte zurück zu seiner Zeitmaschine. Er will so schnell wie möglich nach Hause. Aber er findet den Weg nicht.

1. Atmosphäre – Atmosphere
2. Beeindruckt – Impressed
3. Bemerket – Noticed
4. Bildschirm – Screen
5. Drohnen – Drones
6. Geöffnet – Opened
7. Geschlossen – Closed
8. Gestorben – Died
9. Krankheit – Disease
10. Langsam – Slowly
11. Lebendig – Alive
12. Leeren – Empty
13. Nachricht – Message
14. Räder – Wheels
15. Schweben – Hover
16. Seltsam – Strange
17. Stadt – City
18. Traurig – Sad
19. Ungepflegt – Neglected
20. Verlassen – Deserted

3. Das dystopische Deutschland

Konrad geht weiter durch die Stadt und schaut sich alles genau an. Die hohen Gebäude, die leeren Straßen, die schwebenden Autos. Er bemerkt auch kleine Kameras an den Wänden und an den Laternen. Sie bewegen sich und beobachten ihn. Es scheint, als ob sie ihn überallhin verfolgen. Konrad wird nervös.

"Warum gibt es so viele Kameras?", denkt er.

Er sieht ein großes Gebäude mit einer großen Flagge. Auf der Flagge steht: "Für ein sicheres Deutschland." Konrad geht zu dem Gebäude. Es ist ein Regierungsgebäude. Er geht hinein.

Drinnen gibt es viele Soldaten. Sie tragen Uniformen und haben Waffen. Sie schauen streng. Konrad hat Angst, aber er geht weiter. Er will mehr über dieses Deutschland erfahren.

In einem Raum sieht er einen großen Bildschirm. Auf dem Bildschirm werden Nachrichten gezeigt. Ein Mann spricht: "Die Regierung kümmert sich um Sie. Bleiben Sie zu Hause. Folgen Sie den Regeln. Alles wird gut."

Konrad schüttelt den Kopf. "Das ist nicht mein Deutschland", denkt er.

Ein Soldat kommt zu ihm. "Was machst du hier?", fragt er streng.

Konrad antwortet: "Ich schaue mich nur um."

Der Soldat schaut ihn misstrauisch an. "Wo kommst du her?", fragt er.

Konrad denkt schnell. "Ich bin ein Tourist", lügt er.

Der Soldat lacht. "Ein Tourist? Hier gibt es keine Touristen."

Konrad wird nervös. "Ich wollte nur die Stadt sehen."

Der Soldat schaut ihn an. "Du solltest besser gehen", sagt er.

Konrad nickt und geht schnell aus dem Gebäude.

Draußen trifft er eine Frau. Sie trägt einfache Kleidung und hat traurige Augen. "Du bist neu hier, nicht wahr?", fragt sie.

Konrad nickt. "Ja, ich verstehe nicht, was hier passiert."

Die Frau seufzt. "Es ist schlimm. Die Regierung kontrolliert alles. Wir haben keine Freiheit. Wir werden ständig überwacht."

Konrad fragt: "Und die Kunst? Die Musik?"

Die Frau schüttelt den Kopf. "Es gibt keine Kunst mehr. Keine Musik. Die Regierung sagt, es ist gefährlich. Sie wollen keine kreativen Ausdrucksformen."

Konrad ist schockiert. "Aber warum?", fragt er.

Die Frau antwortet: "Sie wollen Kontrolle. Sie wollen, dass alle gleich sind. Keine individuellen Gedanken. Keine Freiheit."

Konrad ist traurig. "Das ist nicht das Deutschland, das ich kenne", sagt er.

Die Frau nickt. "Viele von uns sind traurig. Aber wir haben Angst. Wenn wir uns wehren, werden wir bestraft."

Konrad denkt nach. "Ich muss etwas tun", sagt er.

Die Frau schaut ihn an. "Sei vorsichtig", warnt sie. "Die Regierung ist sehr mächtig."

Konrad nickt. "Ich werde aufpassen", verspricht er.

Er geht weiter und denkt über alles nach. Dieses Deutschland ist so anders. So dunkel. So traurig. Er will helfen. Aber wie?

Während er durch die Stadt geht, hört er plötzlich Musik. Leise, aber wunderschön. Er folgt dem Klang und kommt zu einem kleinen Haus. Ein Mann spielt Gitarre. Konrad lächelt. Es gibt noch Hoffnung.

Der Mann sieht ihn und lächelt zurück. "Musik ist das Licht in der Dunkelheit", sagt er.

Konrad nickt. "Ja, das ist es."

Die beiden Männer sitzen zusammen und spielen Musik. Sie vergessen für einen Moment die Dunkelheit um sie herum. Sie fühlen Freiheit und Hoffnung.

Aber dann hören sie Schritte. Soldaten kommen. Konrad und der Mann stehen schnell auf. Sie wissen, dass sie in Gefahr sind.

"Lauf!", ruft der Mann.

Konrad rennt weg. Er hört die Soldaten hinter sich. Er rennt und rennt. Er weiß, dass er nicht erwischt werden darf.

Endlich findet er einen sicheren Ort. Er versteckt sich und wartet. Die Soldaten gehen vorbei. Konrad atmet tief durch. Er weiß, dass er vorsichtig sein muss.

Aber er gibt nicht auf. Er will dieses Deutschland ändern. Er will Freiheit und Hoffnung zurückbringen. Er hat eine Mission.

1. Ausdrucksformen – Forms of expression
2. Beobachten – Observe
3. Dunkelheit – Darkness
4. Einfache – Simple
5. Folgen – Follow
6. Freiheit – Freedom
7. Gefährlich – Dangerous
8. Gleich – Same
9. Kontrolliert – Controlled
10. Kreativen – Creative
11. Lügt – Lies
12. Mächtig – Powerful
13. Misstrauisch – Suspicious
14. Nervös – Nervous
15. Regierung – Government
16. Schüttelt – Shakes
17. Soldaten – Soldiers
18. Überwacht – Monitored
19. Uniformen – Uniforms
20. Waffen – Weapons

4. Begegnung mit den Widerstandskämpfern

Konrad läuft durch die dunklen Straßen von Deutschland im Jahr 2084. Er denkt an die Musik, die er gehört hat, und fragt sich, wie viele Menschen in dieser Zeit noch Musik und Kunst lieben. Plötzlich hört er leise Stimmen. Er folgt den Stimmen und kommt zu einer kleinen Tür. Er öffnet die Tür und sieht eine Gruppe von Menschen. Sie sitzen zusammen und reden.

"Eine geheime Gruppe?", denkt Konrad.

Ein Mann sieht Konrad und steht auf. "Wer bist du?", fragt er streng.

Konrad hebt die Hände. "Ich komme in Frieden", sagt er.

Die Gruppe schaut ihn misstrauisch an. Eine Frau sagt: "Wir kennen dich nicht. Warum bist du hier?"

Konrad antwortet: "Ich komme aus der Vergangenheit. Mit einer Zeitmaschine. Ich will helfen."

Die Gruppe ist überrascht. "Aus der Vergangenheit?", fragt der Mann.

Konrad nickt. "Ja. Ich habe gesehen, was hier passiert. Ich will verstehen und helfen."

Die Frau sagt: "Wir sind Widerstandskämpfer. Wir kämpfen gegen die Regierung."

Konrad fragt: "Warum?"

Ein anderer Mann antwortet: "Die Regierung ist schlecht. Sie nimmt uns unsere Freiheit. Sie überwacht uns. Sie will alles kontrollieren."

Konrad sagt: "Ich habe es gesehen. Mit den Kameras. Und den Soldaten."

Die Frau nickt. "Ja. Es ist schwer. Aber wir geben nicht auf."

Konrad fragt: "Was ist passiert? Warum ist Deutschland so?"

Die Gruppe wird still. Dann erzählt der Mann: "Es hat vor vielen Jahren angefangen. Die Regierung wollte mehr Kontrolle. Sie hat neue Regeln gemacht. Sie hat gesagt, es ist für unsere Sicherheit. Aber es war eine Lüge. Sie wollte nur Macht."

Die Frau fügt hinzu: "Viele Menschen haben Angst. Sie folgen den Regeln. Sie sagen nichts. Aber wir, wir kämpfen. Für unsere Freiheit. Für unsere Rechte."

Konrad fragt: "Wie kann ich helfen?"

Der Mann antwortet: "Wir brauchen Informationen. Über die Regierung. Über ihre Pläne."

Konrad sagt: "Ich habe eine Zeitmaschine. Ich kann in die Vergangenheit reisen. Vielleicht kann ich etwas ändern."

Die Gruppe ist begeistert. "Das wäre toll!", sagt die Frau.

Der Mann sagt: "Wir müssen vorsichtig sein. Die Regierung ist sehr mächtig."

Konrad nickt. "Ich verstehe. Aber ich will helfen. Ich will, dass Deutschland wieder frei wird."

Die Gruppe und Konrad machen einen Plan. Sie wollen Informationen sammeln und einen Weg finden, die Regierung zu stoppen. Sie wissen, dass es gefährlich ist. Aber sie haben Hoffnung.

In den nächsten Tagen arbeiten Konrad und die Widerstandskämpfer zusammen. Sie treffen sich heimlich. Sie reden und planen. Konrad lernt viel über die Menschen in dieser Zeit. Über ihre Ängste. Aber auch über ihre Hoffnungen.

Er erzählt ihnen von der Vergangenheit. Von einem freien Deutschland. Die Widerstandskämpfer hören ihm gerne zu. Sie träumen von einem besseren Leben.

Eines Tages sagt der Mann: "Wir haben eine Idee. Wir wollen die Regierung überlisten."

Konrad fragt: "Wie?"

Die Frau antwortet: "Wir wollen eine Nachricht senden. An alle Menschen in Deutschland. Wir wollen ihnen die Wahrheit sagen."

Konrad sagt: "Das ist eine gute Idee. Aber es ist auch gefährlich."

Der Mann nickt. "Ja. Aber wir müssen es versuchen."

Konrad denkt nach. "Ich will helfen. Ich habe Technologie aus der Vergangenheit. Vielleicht kann ich etwas tun."

Die Gruppe ist dankbar. "Danke, Konrad", sagt die Frau.

In den nächsten Tagen arbeiten sie hart. Sie planen. Sie bauen. Sie hoffen.

Konrad fühlt sich gut. Er hat Freunde gefunden. Er hat eine Mission. Er will Deutschland retten. Mit den Widerstandskämpfern an seiner Seite glaubt er, dass es möglich ist.

Sie wissen, dass die Zeit knapp ist. Die Regierung wird stärker. Aber sie geben nicht auf. Sie kämpfen für ihre Freiheit. Für ihre Zukunft.

Konrad denkt an seine Familie und Freunde in der Vergangenheit. Er will ihnen von seinen Abenteuern erzählen. Aber zuerst muss er seine Mission beenden. Er muss Deutschland helfen. Und er weiß, dass er es nicht alleine tun kann.

Zusammen mit den Widerstandskämpfern macht er sich bereit. Für den großen Kampf. Für die Freiheit.

1. Abenteuern – Adventures
2. Angefangen – Started
3. Begeistert – Excited
4. Bereit – Ready
5. Fügt hinzu – Adds
6. Gefährlich – Dangerous
7. Heimlich – Secretly
8. Hoffnungen – Hopes
9. Kontrollieren – Control
10. Macht – Power
11. Nachricht – Message
12. Pläne – Plans

13. Regierung – Government
14. Reisen – Travel
15. Sicherheit – Safety
16. Überlisten – Outsmart
17. Überwacht – Monitored
18. Verstehen – Understand
19. Widerstandskämpfer – Resistance fighters
20. Zusammen – Together

5. Der Plan

In einem geheimen Raum sitzen Konrad und die Widerstandskämpfer zusammen. Überall gibt es Karten und Pläne von der Stadt. Die Atmosphäre ist sehr ernst. Alle wissen, dass es wichtig ist, einen guten Plan zu haben.

Die Frau, die Lisa heißt, beginnt zu sprechen. "Wir müssen die Regierung stoppen", sagt sie. "Sie hat zu viel Macht. Die Menschen sind nicht frei."

Ein anderer Mann, der Thomas heißt, sagt: "Ja, Lisa hat recht. Aber wie können wir das machen? Die Regierung hat viele Soldaten. Und viele Kameras."

Konrad denkt nach. "Ich habe eine Idee", sagt er. "Ich kann mit meiner Zeitmaschine in die Vergangenheit reisen. Vielleicht können wir etwas ändern. Etwas Wichtiges."

Alle schauen Konrad an. "In die Vergangenheit?", fragt Thomas. "Das ist eine gute Idee. Aber wie?"

Konrad erklärt: "Meine Zeitmaschine kann uns zu einem wichtigen Zeitpunkt bringen. Vielleicht zu dem Zeitpunkt, als die Regierung anfing, so streng zu werden. Wir können versuchen, das zu stoppen."

Lisa sagt: "Das klingt sehr gut, Konrad. Aber es ist auch gefährlich. Wir wissen nicht, was in der Vergangenheit passiert."

Konrad nickt. "Das ist wahr. Aber ich glaube, es ist unsere beste Chance."

Ein anderer Widerstandskämpfer, der Paul heißt, sagt: "Aber was genau wollen wir in der Vergangenheit machen?"

Konrad überlegt. "Vielleicht können wir mit den Leuten sprechen. Sie warnen. Ihnen sagen, was in der Zukunft passiert."

Thomas sagt: "Das könnte funktionieren. Aber wir müssen vorsichtig sein. Wir dürfen nicht zu viel verraten. Sonst könnte es Probleme geben."

Lisa fügt hinzu: "Und wir müssen einen genauen Plan haben. Wann wollen wir reisen? Wo wollen wir hin? Was wollen wir machen?"

Konrad sagt: "Ich kann meine Zeitmaschine programmieren. Ich kann uns zu einem genauen Zeitpunkt und Ort bringen."

Paul fragt: "Aber welcher Zeitpunkt ist der beste?"

Konrad überlegt. "Vielleicht der Tag, als die Regierung ihre neuen Regeln vorgestellt hat. Das war der Anfang von allem."

Lisa nickt. "Das klingt gut. Wenn wir die Leute an diesem Tag warnen können, könnte es alles ändern."

Thomas sagt: "Ja, aber wir müssen auch an uns denken. Wenn wir die Vergangenheit ändern, könnte es auch uns ändern."

Konrad sagt: "Das stimmt. Aber ich glaube, es ist das Risiko wert. Für die Freiheit."

Die Widerstandskämpfer stimmen zu. "Wir sind dabei", sagt Paul. "Wir wollen helfen."

In den nächsten Stunden machen sie einen genauen Plan. Sie sprechen über jeden Schritt. Jedes Detail. Sie wollen nichts dem Zufall überlassen.

Konrad sagt: "Ich kann uns zu dem Tag bringen. Aber dann müssen wir schnell handeln. Wir haben nicht viel Zeit."

Lisa sagt: "Wir werden bereit sein. Wir werden alles tun, um die Menschen zu warnen."

Thomas sagt: "Wir werden auch einige Beweise mitnehmen. Bilder und Videos aus der Zukunft. Damit die Leute uns glauben."

Konrad stimmt zu. "Das ist eine gute Idee. Ich habe einige Dinge in meiner Zeitmaschine."

Die Widerstandskämpfer arbeiten den ganzen Tag und die ganze Nacht. Sie bereiten alles vor. Sie sind bereit für ihre Mission.

Am nächsten Tag treffen sie sich bei Konrads Zeitmaschine. Sie sind alle sehr nervös. Aber auch sehr entschlossen.

Konrad sagt: "Es ist Zeit. Wir reisen jetzt."

Die Widerstandskämpfer steigen in die Zeitmaschine. Konrad programmiert sie. Dann drückt er den Startknopf.

Es gibt ein helles Licht. Ein lautes Geräusch. Dann ist alles still.

Konrad schaut aus dem Fenster. "Wir sind da", sagt er. "Es ist der richtige Tag. Der richtige Ort."

Die Widerstandskämpfer steigen aus. Sie sehen Deutschland in der Vergangenheit. Es sieht anders aus. Aber auch vertraut.

Lisa sagt: "Wir müssen jetzt handeln. Wir haben nicht viel Zeit."

Konrad nickt. "Ja, wir müssen schnell sein. Und vorsichtig."

Die Widerstandskämpfer gehen los. Sie haben eine Mission. Sie wollen die Geschichte ändern. Sie wollen die Freiheit zurückbringen.

Und sie wissen, dass sie es zusammen schaffen können. Mit Konrads Hilfe. Mit ihrer Entschlossenheit. Mit ihrem Glauben an die Freiheit.

1. Anfing – Began
2. Atmosphäre – Atmosphere
3. Beweise – Evidence
4. Entschlossenheit – Determination
5. Gefährlich – Dangerous
6. Geschichte – History
7. Handeln – Act
8. Karten – Maps
9. Mission – Mission

10. Nervös – Nervous
11. Programmieren – Program
12. Regeln – Rules
13. Risiko – Risk
14. Schritt – Step
15. Strenge – Strictness
16. Überall – Everywhere
17. Verraten – Reveal
18. Warnen – Warn
19. Wichtig – Important
20. Zufall – Chance

6. Gefahr an jeder Ecke

In der Vergangenheit angekommen, schauen Konrad und die Widerstandskämpfer sich um. Die Straßen sehen anders aus. Die Menschen sehen anders aus. Aber es gibt auch etwas, das gleich ist: die Soldaten der Regierung.

"Warte! Dort!", sagt Paul und zeigt auf eine Gruppe von Soldaten, die in ihre Richtung kommen.

"Wir müssen uns verstecken!", sagt Lisa.

Konrad und die Widerstandskämpfer rennen in eine kleine Gasse und verstecken sich hinter einigen Kisten. Die Soldaten kommen näher. Ihre Schritte sind laut und schwer. Das Herz von Konrad schlägt schnell.

"Was machen wir jetzt?", flüstert Thomas.

"Wir müssen ruhig bleiben", antwortet Konrad leise. "Wenn die Soldaten uns nicht sehen, gehen sie vielleicht weiter."

Die Soldaten stoppen kurz vor der Gasse. Konrad und die anderen halten den Atem an. Einer der Soldaten schaut in die Gasse, aber er sieht sie nicht.

"Dort drüben!", ruft ein anderer Soldat und zeigt in eine andere Richtung.

Die Soldaten laufen weiter. Konrad und die anderen atmen erleichtert aus.

"Das war knapp", sagt Paul. "Wir müssen vorsichtiger sein."

"Ja, es ist gefährlich hier", sagt Lisa. "Die Soldaten suchen uns."

Konrad nickt. "Wir müssen einen sicheren Ort finden. Einen Ort, an dem wir uns verstecken können."

Die Widerstandskämpfer beginnen, durch die Stadt zu laufen. Sie verstecken sich immer wieder, wenn sie Soldaten sehen. Es ist nicht einfach. Es gibt Gefahr an jeder Ecke.

Sie finden schließlich ein altes Gebäude. Es sieht verlassen aus.

"Hier können wir uns verstecken", sagt Thomas und öffnet die Tür.

Drinnen ist es dunkel und still. Es gibt alte Möbel und Bilder an den Wänden. Es sieht so aus, als ob niemand hier seit Jahren war.

"Das ist perfekt", sagt Lisa. "Wir können hier bleiben und unseren nächsten Schritt planen."

Aber die Ruhe dauert nicht lange. Sie hören ein Geräusch draußen. Schritte. Viele Schritte.

"Die Soldaten!", flüstert Paul.

Konrad schaut aus dem Fenster. "Es sind viele. Zu viele. Wir müssen hier raus!"

Aber wie? Die Soldaten kommen näher. Die Widerstandskämpfer schauen sich um, suchen nach einem Ausweg.

"Dort!", sagt Konrad und zeigt auf eine Tür im Hinterzimmer. "Vielleicht führt sie nach draußen!"

Sie rennen zur Tür und öffnen sie. Es gibt einen kleinen Garten hinter dem Haus. Und eine hohe Mauer.

"Wir müssen über die Mauer klettern!", sagt Lisa.

Einer nach dem anderen klettern sie über die Mauer. Konrad ist der letzte. Er hört, wie die Soldaten das Haus betreten. Er klettert schnell und fällt auf die andere Seite.

Sie rennen weiter, durch Gassen und Straßen. Sie hören die Soldaten hinter sich. Es ist eine Verfolgungsjagd.

Schließlich finden sie einen Platz zum Verstecken. Ein Keller unter einem alten Gebäude. Sie gehen hinein und schließen die Tür.

"Das war wirklich gefährlich", sagt Paul, außer Atem. "Die Soldaten sind überall."

Konrad nickt. "Ja, es ist nicht einfach. Aber wir müssen weitermachen. Für die Freiheit."

Lisa sagt: "Wir wissen jetzt, was die wahren Kosten der Freiheit sind. Es ist nicht einfach. Es ist gefährlich. Aber es ist wichtig."

Die Widerstandskämpfer sitzen zusammen im Dunkeln. Sie sind müde und erschöpft. Aber sie haben auch Hoffnung. Sie glauben, dass sie etwas ändern können. Sie glauben an die Freiheit.

Konrad denkt an seine Familie und Freunde in seiner Zeit. Er vermisst sie. Aber er weiß, dass er hier bleiben muss. Für die Freiheit. Für die Menschen.

Die Nacht kommt. Die Widerstandskämpfer schlafen ein. Aber Konrad bleibt wach. Er denkt nach. Über die Vergangenheit. Über die Zukunft. Über die Freiheit.

Und er weiß, dass er bereit ist, alles zu tun, um die Freiheit zu verteidigen. Egal wie gefährlich es ist. Egal wie viele Soldaten es gibt. Er wird kämpfen. Für die Freiheit.

1. Atem – Breath
2. Erschöpft – Exhausted
3. Flüstert – Whispers
4. Gefahr – Danger
5. Gegen – Against
6. Hinterzimmer – Back room
7. Kisten – Boxes

8. Klettern – Climb
9. Knapp – Close, narrow
10. Möbel – Furniture
11. Raus – Out
12. Schritte – Steps
13. Sicherer Ort – Safe place
14. Soldaten – Soldiers
15. Verfolgungsjagd – Chase
16. Verlassen – Abandoned
17. Verstecken – Hide
18. Vorsichtiger – More careful
19. Widerstandskämpfer – Resistance fighters
20. Zu viele – Too many

7. In der Vergangenheit

Am nächsten Morgen wachen sie auf.

„Was machen wir heute?" fragt Paul.

„Wir sollten zum Parlament gehen," sagt Konrad.

„Ja, das ist eine gute Idee," sagen die anderen.

Sie gehen durch die Stadt.

"Schaut!", ruft Paul und zeigt auf ein großes Gebäude. "Das ist das alte Parlament."

Die Widerstandskämpfer gehen zum Gebäude. Es gibt viele Menschen. Sie reden und lachen. Es ist ein wichtiger Tag. Ein Tag, an dem eine Entscheidung getroffen wird, die die Zukunft ändern wird.

Konrad sieht einen Mann. Er trägt einen Anzug und hat graue Haare. "Das ist der Präsident", sagt Konrad. "Er wird heute eine Rede halten. Eine Rede, die alles ändert."

Die Widerstandskämpfer hören zu. Der Präsident spricht über neue Gesetze. Über Kontrolle und Sicherheit. Er sagt, dass die Menschen keine Freiheit brauchen. Dass sie Kontrolle brauchen.

"Das ist der Moment", flüstert Lisa. "Hier hat alles angefangen."

Die Widerstandskämpfer müssen etwas tun. Sie müssen die Rede stoppen. Aber wie?

Paul hat eine Idee. "Wir müssen die Stromversorgung unterbrechen. Dann kann er nicht weiterreden."

Konrad nickt. "Ja, das ist ein guter Plan."

Die Widerstandskämpfer teilen sich auf. Einige gehen zum Stromkasten. Andere bleiben und beobachten den Präsidenten.

Es ist gefährlich. Es gibt viele Soldaten. Aber sie müssen es tun. Für die Zukunft. Für die Freiheit.

Konrad und Lisa gehen zum Stromkasten. Es ist nicht leicht. Sie müssen vorsichtig sein. Aber sie schaffen es. Sie unterbrechen die Stromversorgung.

Plötzlich wird es dunkel. Die Lichter gehen aus. Der Präsident kann nicht weiterreden.

Die Menschen sind verwirrt. Sie fragen sich, was passiert ist.

Konrad und Lisa lächeln sich an. Sie haben es geschafft.

Die Zeitmaschine leuchtet wieder. Es ist Zeit, zum nächsten Moment in der Geschichte zu gehen.

Diesmal sind sie in einer Schule. Kinder lernen und spielen. Aber es gibt auch Soldaten. Sie überwachen die Kinder.

Konrad sieht ein Mädchen. Sie malt ein Bild. Ein schönes Bild mit Blumen und Vögeln. Aber ein Soldat kommt und nimmt das Bild weg. Er sagt, dass Kunst verboten ist.

"Das ist falsch", sagt Lisa. "Kinder sollten frei sein. Sie sollten Kunst machen können."

Konrad stimmt zu. "Ja, das ist ein weiterer Moment, den wir ändern müssen."

Die Widerstandskämpfer haben einen Plan. Sie verteilen heimlich Papier und Stifte an die Kinder. Sie ermutigen sie, Kunst zu machen. Zu malen und zu singen.

Die Kinder sind glücklich. Sie lachen und spielen. Sie machen Kunst. Und die Soldaten können nichts dagegen tun.

Konrad ist glücklich. Er sieht die Freude in den Augen der Kinder. Er weiß, dass sie die Zukunft ändern.

Die Zeitmaschine leuchtet wieder. Konrad und die Widerstandskämpfer reisen weiter. Sie gehen zu vielen wichtigen Momenten in der Geschichte. Sie ändern kleine Dinge. Aber diese kleinen Dinge haben große Auswirkungen.

Konrad erlebt viele historische Ereignisse aus erster Hand. Er sieht, wie die Menschen kämpfen. Für ihre Rechte. Für ihre Freiheit.

Er versteht jetzt, wie wichtig die Vergangenheit ist. Wie wichtig es ist, die Geschichte zu kennen. Und zu ändern.

Die Reise ist lang und anstrengend. Aber Konrad und die Widerstandskämpfer geben nicht auf. Sie glauben an die Freiheit. Sie glauben an die Zukunft.

Und schließlich, nach vielen Reisen, kehren sie in die Gegenwart zurück. Sie sind müde, aber auch hoffnungsvoll.

"Haben wir es geschafft?", fragt Lisa.

Konrad schaut sich um. "Ich weiß es nicht", sagt er. "Aber ich hoffe es."

Die Widerstandskämpfer schauen in den Himmel. Es ist blau und klar. Es gibt Vögel, die singen. Es gibt Menschen, die lachen.

Vielleicht haben sie es geschafft. Vielleicht haben sie die Zukunft gerettet.

Konrad lächelt. "Es war eine lange Reise", sagt er. "Aber es hat sich gelohnt."

1. Anstrengend – Exhausting

2. Anzug – Suit
3. Entscheidung – Decision
4. Ermutigen – Encourage
5. Gesetze – Laws
6. Graue Haare – Grey hair
7. Hoffnungsvoll – Hopeful
8. Kontrolle – Control
9. Lachen – Laugh
10. Lichter – Lights
11. Malen – Paint
12. Papier – Paper
13. Präsident – President
14. Rede – Speech
15. Sicherheit – Security
16. Soldaten – Soldiers
17. Stromkasten – Power box
18. Stromversorgung – Power supply
19. Unterbrechen – Interrupt
20. Verboten – Forbidden

8. Rückkehr ins Jahr 2084

Die Zeitmaschine leuchtet erneut. Das Licht ist hell und warm. Konrad, Lisa, Paul und die anderen Widerstandskämpfer halten sich an den Händen. Sie sind bereit, zurück ins Jahr 2084 zu gehen. Sie sind gespannt. Was wird sie erwarten?

Mit einem lauten Geräusch kommt die Zeitmaschine zum Stillstand. Langsam öffnen sie ihre Augen. Sie sind wieder im Jahr 2084. Aber es sieht anders aus.

Die hohen Gebäude sind immer noch da, aber sie sehen freundlicher aus. Es gibt Bäume und Blumen überall. Die Luft ist frisch und sauber. Kinder spielen auf den Straßen und lachen.

"Das sieht gut aus", sagt Paul und lächelt.

Lisa schaut sich um. "Ja, es sieht viel besser aus. Ich glaube, wir haben es geschafft."

Aber Konrad ist vorsichtig. "Wir müssen sicher sein", sagt er. "Wir müssen herausfinden, ob sich wirklich alles geändert hat."

Die Gruppe geht in die Stadt. Sie wollen mit den Menschen sprechen und mehr erfahren.

Sie treffen einen alten Mann. Er sitzt auf einer Bank und liest eine Zeitung. Konrad geht zu ihm. "Entschuldigung", sagt Konrad. "Können wir Sie etwas fragen?"

Der alte Mann schaut auf und lächelt. "Natürlich! Was möchten Sie wissen?"

"Können Sie uns sagen, wie es jetzt in Deutschland ist?", fragt Lisa.

Der alte Mann denkt nach. "Es ist gut", sagt er. "Wir haben Frieden und Freiheit. Die Menschen sind glücklich. Es gibt keine strengen Regeln. Wir können tun, was wir wollen."

Das hört sich gut an. Die Widerstandskämpfer sind erleichtert. Sie haben es geschafft. Ihre Mission war erfolgreich.

Sie gehen weiter und sehen viele glückliche Menschen. Es gibt Musik und Kunst überall. Die Menschen tanzen und singen. Es ist eine fröhliche Atmosphäre.

Plötzlich hört Paul eine bekannte Stimme. Er dreht sich um und sieht Anna, seine alte Freundin. Er ist überrascht. "Anna!", ruft er und läuft zu ihr.

Anna lacht und umarmt ihn. "Paul! Es ist so schön, dich zu sehen!", sagt sie.

"Was machst du hier?", fragt Paul.

"Ich lebe hier", sagt Anna. "Es ist ein guter Ort zum Leben. Die Menschen sind freundlich und hilfsbereit."

Paul freut sich. Er ist froh, seine Freundin wiederzusehen. Sie sprechen über alte Zeiten und lachen viel.

Nach einer Weile verabschieden sie sich.

Konrad und die Widerstandskämpfer gehen weiter. Sie wollen mehr von der Stadt sehen.

Sie gehen in ein Museum. Es ist ein Museum über die Geschichte Deutschlands. Sie sehen viele Bilder und lesen viele Geschichten. Es ist interessant. Sie lernen viel.

Es wird Abend. Die Sonne geht unter und der Himmel wird dunkel. Es ist Zeit, zurück zur Zeitmaschine zu gehen.

Die Widerstandskämpfer sind müde, aber auch glücklich. Sie haben es geschafft. Sie haben die Zukunft geändert.

Konrad verabschiedet sich von seinen neuen Freunden.

„Ich muss jetzt gehen," sagte er. „Ich muss wieder in meine Zeit zurück."

Er steigt in die Zeitmaschine und setzt sich. Konrad schaltet die Maschine ein. Er ist bereit, zurück in seine eigene Zeit zu gehen.

Aber bevor er geht, schaut Konrad noch einmal aus dem Fenster. Er sieht die Lichter der Stadt und hört die Musik. Er lächelt. Es war eine lange Reise, aber es hat sich gelohnt.

"Danke", flüstert er. "Danke, dass wir die Chance hatten, die Zukunft zu ändern."

Die Zeitmaschine leuchtet wieder und verschwindet. Konrad reist zurück in seine eigene Zeit. Er ist wieder zu Hause.

Es war ein großes Abenteuer. Ein Abenteuer, das er nie vergessen wird.

1. Abenteuer – Adventure
2. Atmosphäre – Atmosphere
3. Ändern – Change
4. Bäume – Trees
5. Bereit – Ready
6. Blumen – Flowers
7. Entschuldigung – Excuse me
8. Erleichtert – Relieved
9. Erneut – Again
10. Erwarten – Expect
11. Fröhliche – Cheerful

12. Freundlicher – Friendlier
13. Frisch – Fresh
14. Frieden – Peace
15. Freundlich – Friendly
16. Geschichte – History
17. Glücklich – Happy
18. Hilfsbereit – Helpful
19. Lachen – Laugh
20. Leuchtet – Glows

9. Abschied und Heimkehr

Konrad öffnet die Tür der Zeitmaschine. Er ist wieder zu Hause. Es ist still. Er schaut sich um. Alles sieht normal aus.

Er geht zu seinem Haus. Seine Familie ist da. Sie sind überrascht, ihn zu sehen.

"Mama! Papa! Ich bin wieder da!", ruft Konrad.

Seine Mutter umarmt ihn. "Konrad! Wir haben uns so viele Sorgen gemacht!"

Sein Vater lächelt. "Wo warst du, Konrad?"

Konrad erzählt seiner Familie alles. Er erzählt von der Zukunft, von den Widerstandskämpfern, von Lisa und Paul. Er erzählt von den Abenteuern und von den Gefahren.

Seine Familie hört zu. Sie sind erstaunt.

"Das ist unglaublich, Konrad", sagt seine Schwester.

Konrad nickt. "Ja, es war ein großes Abenteuer. Aber ich habe gelernt, wie wichtig Freiheit ist. Wir müssen immer dafür kämpfen."

Sein Vater ist stolz. "Du bist ein mutiger Junge, Konrad."

Konrad lächelt. "Danke, Papa."

In den nächsten Tagen erzählt Konrad seinen Freunden von seinen Erlebnissen. Sie können es kaum glauben. Sie fragen Konrad viele Fragen.

Konrad antwortet geduldig. Er möchte, dass alle wissen, wie wichtig Freiheit ist.

Einige Wochen später organisiert Konrad eine Veranstaltung. Er lädt viele Menschen ein. Er möchte ihnen von der Zukunft erzählen.

Viele Menschen kommen. Sie hören Konrads Geschichte. Sie sind beeindruckt.

Konrad sagt: "Wir müssen immer für unsere Freiheit kämpfen. Es ist das wichtigste in der Welt."

Die Menschen klatschen. Sie sind inspiriert.

Konrad ist glücklich. Er hat etwas Wichtiges getan. Er hat vielen Menschen geholfen.

In der Nacht schaut Konrad in den Himmel. Er denkt an seine Abenteuer. Er denkt an seine Freunde in der Zukunft.

Er weiß, dass er die richtige Entscheidung getroffen hat. Er ist stolz auf sich.

Er schläft ein und träumt von einer besseren Welt. Eine Welt voller Freiheit, Liebe und Frieden.

1. Abenteuer – Adventure
2. Entscheidung – Decision
3. Erlebnisse – Experiences
4. Erstaunt – Amazed
5. Gefahren – Dangers
6. Geduldig – Patiently
7. Heimkehr – Return home
8. Inspiriert – Inspired
9. Kämpfen – Fight
10. Klatschen – Clap
11. Mutiger – Braver
12. Sorgen – Worries
13. Stolz – Proud
14. Träumt – Dreams

15. Überrascht – Surprised
16. Unglaublich – Incredible
17. Veranstaltung – Event
18. Verpflichtet – Committed
19. Widerstandskämpfer – Resistance fighters
20. Wichtig – Important

Zeitreise nach Rom

1. Die Zeitmaschine

In einer kleinen Stadt in Deutschland lebte ein Professor. Sein Name war Konrad Haas. Konrad war kein gewöhnlicher Professor. Er war ein Erfinder. Er liebte es, neue Dinge zu erfinden. Und er hatte viele Ideen in seinem Kopf. Eines Tages hatte er eine sehr spannende Idee. Er wollte eine Maschine bauen, die durch die Zeit reisen kann. Eine Zeitmaschine!

Monate vergingen. Jeden Tag arbeitete Konrad in seinem Labor. Er baute und baute. Er hatte viele Probleme, aber er gab nicht auf. Er dachte immer an seine Zeitmaschine. Endlich war die Maschine fertig. Sie war groß und silbern. Es gab viele Knöpfe und Lichter. Konrad war sehr stolz auf seine Erfindung.

Er rief seine Freunde und Familie. "Ich habe etwas Besonderes!", sagte er. "Kommt und seht!" Alle kamen in sein Labor. Sie sahen die große silberne Maschine. "Was ist das?", fragten sie. "Das ist meine Zeitmaschine!", sagte Konrad. Alle waren sehr überrascht. "Eine Zeitmaschine?", fragten sie. "Ja!", sagte Konrad. "Mit dieser Maschine kann man durch die Zeit reisen!"

Konrad erklärte, wie die Maschine funktioniert. "Man muss nur ein Jahr eingeben, und die Maschine bringt einen dorthin", sagte er. Alle waren sehr beeindruckt. Aber sie hatten auch Angst. "Ist es sicher?", fragten sie. Konrad lachte. "Ja, es ist sicher. Ich habe alles getestet", sagte er.

Aber Konrad hatte die Maschine erst ein Mal getestet. Er wollte es wieder machen. Er dachte lange nach. "Wohin soll ich reisen?", dachte er. Schließlich entschied er sich für das Jahr 100 in Rom. Er liebte die Geschichte von Rom und wollte die Stadt in der alten Zeit sehen.

Bevor er ging, versteckte er die Zeitmaschine in seinem Labor. Er wollte nicht, dass jemand sie findet. Er ging zur Maschine und gab das Jahr 100 ein. Die Maschine machte Geräusche und Lichter blinkten. Dann fühlte Konrad etwas Komisches. Alles wurde schwarz.

Als er die Augen öffnete, war er nicht mehr in seinem Labor. Er war an einem fremden Ort. Er sah alte Gebäude und Menschen in alten Kleidern. Es roch anders. Es klang anders. "Wo bin ich?", dachte er. Dann erinnerte er sich. "Ich bin im Jahr 100 in Rom!", dachte er.

Konrad war sehr aufgeregt. Er sah sich um. Es war wunderschön. Aber er wusste, er musste vorsichtig sein. Er war ein Fremder in dieser Zeit. Er dachte an seine Zeitmaschine. "Ich muss zurückkehren, wenn es Zeit ist", dachte er. Aber jetzt wollte er Rom erkunden.

Er lief durch die Straßen. Er sah Kinder spielen und Menschen arbeiten. Es war wie in einem Traum. Aber Konrad wusste, dass es real war. Er war wirklich im Jahr 100 in Rom.

Während er die Stadt erkundete, dachte er an seine Familie und Freunde. "Sie würden es nicht glauben, wenn sie es sehen könnten", dachte er. Aber er war alleine. Und er wusste, dass er bald zurückkehren musste. Er musste seine Zeitmaschine finden und nach Hause gehen.

Konrad lief weiter durch die Straßen von Rom. Er sah so viele interessante Dinge. Er wünschte, er könnte länger bleiben. Aber er wusste, dass es gefährlich war. Er war ein Fremder in dieser Zeit. Und er musste vorsichtig sein.

Nach einiger Zeit wurde Konrad müde. Er setzte sich auf eine Bank und sah sich die Stadt an. Es war wunderschön. Aber er wusste, dass er bald gehen musste. Er dachte an seine Zeitmaschine und hoffte, dass er sie bald finden würde. Da schlief er ein.

1. Bau – Construction
2. Besonders – Special
3. Erfinder – Inventor
4. Erkunden – Explore
5. Erstaunt – Amazed

6. Fremder – Stranger
7. Geräusche – Sounds
8. Gewöhnlicher – Ordinary
9. Knöpfe – Buttons
10. Labor – Laboratory
11. Lichter – Lights
12. Römisch – Roman
13. Silbern – Silver
14. Sicher – Safe
15. Spannende – Exciting
16. Stadt – City
17. Traum – Dream
18. Überrascht – Surprised
19. Verstecken – Hide
20. Vorsichtig – Careful

2. Ein unerwartetes Erwachen

Konrad öffnete die Augen. Die Sonne war sehr hell. Er war nicht mehr in seiner Zeitmaschine. Er war im alten Rom. Überall um ihn herum waren Menschen. Sie trugen alte Kleidung. Konrad sah seine moderne Kleidung und fühlte sich plötzlich sehr anders.

Die Menschen sahen Konrad komisch an. Sie zeigten auf ihn und sprachen miteinander. "Was trägt dieser Mann?", fragten sie. Konrad verstand die Sprache nicht gut, aber er wusste, dass sie über ihn sprachen. Er wurde nervös.

Er versuchte wegzugehen, aber es war zu spät. Zwei große Männer kamen zu ihm. Sie hatten Waffen. Sie sahen Konrad streng an. "Wer bist du?", fragten sie. Konrad wusste nicht, was er sagen sollte. "Ich... Ich komme von weit weg", antwortete er.

Die Männer lachten. "Von weit weg? Du siehst aus wie ein Sklave!", sagte einer der Männer. Konrad war schockiert. "Ein Sklave? Nein, ich bin kein Sklave!", sagte er. Aber die Männer hörten nicht zu. Sie nahmen Konrad fest und brachten ihn weg.

Konrad war sehr verängstigt. Er wusste nicht, wohin sie ihn brachten. Sie gingen durch viele Straßen. Überall waren Menschen.

Sie sahen Konrad und zeigten auf ihn. Sie lachten und riefen Dinge. Konrad verstand nichts.

Nach einer Weile kamen sie an einen großen Ort. Es war das Kolosseum. Konrad hatte Bilder davon gesehen. Es war ein Ort, an dem Gladiatoren kämpften. Konrad wurde noch ängstlicher. "Was wollen sie mit mir machen?", dachte er.

Die Männer brachten Konrad in das Kolosseum. Es war dunkel und kalt. Konrad hörte andere Menschen sprechen. Sie klangen traurig und verängstigt. Konrad verstand, dass er in einem Gefängnis war.

Ein anderer Mann kam zu ihm. Er war alt und hatte graue Haare. Er sah freundlich aus. "Wer bist du?", fragte der alte Mann. Konrad antwortete: "Ich heiße Konrad. Ich komme aus der Zukunft. Ich habe eine Zeitmaschine."

Der alte Mann sah Konrad überrascht an. "Eine Zeitmaschine? Das glaube ich nicht", sagte er. Konrad war traurig. Er fühlte sich alleine und verloren. Er dachte an seine Familie und Freunde. Er wollte zurück nach Hause.

Die Tage vergingen. Konrad war immer noch im Gefängnis. Er sprach oft mit dem alten Mann. Der alte Mann erzählte Konrad Geschichten über Rom. Er erzählte von den Kaisern und den Kämpfen. Konrad hörte zu und lernte viel.

Aber Konrad wollte nicht im Kolosseum bleiben. Er wollte fliehen. Er dachte an seine Zeitmaschine. Er wusste, dass sie sicher versteckt war. Er musste sie finden und zurückkehren.

Eines Tages hörte Konrad Lärm. Die Menschen riefen und klatschten. Konrad wurde aus dem Gefängnis geholt. Er wurde in die Mitte des Kolosseums gebracht. Es war sehr hell. Tausende von Menschen sahen ihn an. Sie riefen und lachten. Konrad hatte Angst.

1. Ängstlicher – More frightened
2. Brachten – Brought
3. Dunkel – Dark

4. Erzählte – Told
5. Festgenommen – Arrested
6. Fliehen – Flee
7. Gefängnis – Prison
8. Gladiatoren – Gladiators
9. Klatschten – Clapped
10. Kolosseum – Colosseum
11. Lachten – Laughed
12. Männer – Men
13. Modern – Modern
14. Nervös – Nervous
15. Riefen – Shouted
16. Sklave – Slave
17. Sprachen – Spoke
18. Streng – Stern
19. Verängstigt – Frightened
20. Wegzugehen – To go away

3. Der Gladiatorenkampf

Das Kolosseum war riesig. Konrad stand in der Mitte und sah nach oben. Überall waren Menschen. Sie riefen und klatschten. Sie wollten einen Kampf sehen. Konrad hatte Angst. Er wollte nicht kämpfen. Aber er hatte keine Wahl.

Neben ihm standen andere Männer. Sie waren auch Gladiatoren. Sie trugen Rüstungen und hatten Waffen. Einige sahen stark aus. Andere sahen ängstlich aus. Konrad wusste, dass er mit ihnen kämpfen musste.

Ein Mann kam zu Konrad. Er war groß und stark. "Hallo", sagte der Mann. "Ich heiße Marcus. Bist du neu hier?" Konrad nickte. "Ja, ich bin neu. Mein Name ist Konrad", antwortete er. Marcus lächelte. "Keine Angst", sagte er. "Wir helfen einander."

Marcus zeigte Konrad die anderen Gladiatoren. Es gab viele verschiedene Männer. Einige waren jung, andere alt. Einige waren groß, andere klein. Aber alle waren hier, um zu kämpfen.

Marcus erzählte Konrad von den Kämpfen. "Wir kämpfen gegen andere Gladiatoren", sagte er. "Manchmal kämpfen wir gegen Tiere. Es ist gefährlich. Aber wenn wir gewinnen, werden wir frei sein." Konrad hörte aufmerksam zu. Er wollte auch frei sein.

Der Kampf begann. Ein Horn ertönte. Die Menschen jubelten. Konrad spürte, wie sein Herz schneller schlug. Er hielt sein Schwert fest. Er sah die anderen Gladiatoren. Sie waren bereit.

Die Tore öffneten sich. Andere Gladiatoren kamen heraus. Sie waren stark und aggressiv. Konrad wusste, dass es schwierig sein würde. Aber er dachte an seine Familie und Freunde. Er wollte überleben.

Der Kampf war hart. Konrad versuchte, die anderen Gladiatoren abzuwehren. Er duckte sich und wich aus. Marcus half ihm. Zusammen kämpften sie gegen die anderen Gladiatoren. Es war laut und chaotisch. Überall waren Schwerter und Schreie.

Konrad wurde getroffen. Er fiel zu Boden. Ein Gladiator kam auf ihn zu. Konrad hatte Angst. Er dachte, es wäre vorbei. Aber plötzlich kam Hilfe. Ein anderer Gladiator half ihm. Es war ein Freund von Marcus. Er half Konrad aufzustehen. Zusammen kämpften sie weiter.

Nach einer Weile war der Kampf vorbei. Einige Gladiatoren waren tot. Andere waren verletzt. Konrad war müde und erschöpft. Aber er war am Leben. Er war dankbar.

Marcus kam zu ihm. "Gut gemacht", sagte er. "Du hast gut gekämpft." Konrad lächelte. "Danke", sagte er. "Ohne deine Hilfe wäre ich tot." Marcus lachte. "Wir sind ein Team", sagte er. "Wir helfen einander."

Die Menschen im Kolosseum jubelten. Sie waren glücklich. Sie hatten einen guten Kampf gesehen. Konrad sah sie an. Er war froh, dass er überlebt hatte. Aber er wusste, dass es noch viele Kämpfe geben würde.

Am Abend gingen Konrad und die anderen Gladiatoren zurück in ihr Gefängnis. Sie waren müde, aber glücklich. Sie hatten zusammen gekämpft und überlebt. Sie sprachen miteinander und erzählten Geschichten. Konrad hörte zu und lernte viel.

Er dachte an seine Zeitmaschine. Er wollte zurück nach Hause. Aber er wusste, dass es nicht einfach sein würde. Er musste stark sein und weiterkämpfen.

In dieser Nacht schlief Konrad gut. Er träumte von seiner Familie und Freunden. Er träumte von seiner Zeitmaschine. Er hoffte, dass er bald frei sein würde.

Am nächsten Tag trainierte Konrad mit den anderen Gladiatoren. Sie zeigten ihm Tricks und Techniken. Konrad lernte schnell. Er war ein guter Kämpfer. Er wusste, dass er bald wieder kämpfen musste. Aber er war bereit.

1. Abwehren – Ward off
2. Aggressiv – Aggressive
3. Duckte – Ducked
4. Ertönte – Sounded
5. Erzählte – Told
6. Gefährlich – Dangerous
7. Gladiatoren – Gladiators
8. Hart – Hard
9. Horn – Horn
10. Jubelten – Cheered
11. Kämpfen – Fight
12. Laut – Loud
13. Rüstungen – Armors
14. Schreie – Screams
15. Schwert – Sword
16. Spürte – Felt
17. Tiere – Animals
18. Tore – Gates
19. Verletzt – Injured
20. Waffen – Weapons

4. Der Fluchtplan

Marcus und Konrad saßen in einer Ecke des Gefängnisses. Es war dunkel und kalt. Die anderen Gladiatoren schliefen. Aber Marcus und Konrad sprachen leise miteinander.

"Ich kann nicht mehr kämpfen", sagte Konrad. "Ich muss hier raus. Ich will nach Hause." Marcus sah ihn an. "Ich verstehe", sagte er. "Aber wie? Es ist sehr schwierig, aus dem Kolosseum zu fliehen."

Konrad sah Marcus an. "Ich habe eine Idee", sagte er. "Ich habe eine Zeitmaschine." Marcus sah überrascht aus. "Eine was?", fragte er. Konrad erzählte ihm von der Zeitmaschine. Er erzählte, wie er ins alte Rom gekommen war. Er erzählte von seiner Reise und von seiner Familie.

Marcus hörte aufmerksam zu. "Das klingt unglaublich", sagte er. "Aber ich glaube dir. Und ich will dir helfen." Konrad lächelte. "Danke", sagte er.

Die beiden Männer begannen, einen Plan zu schmieden. Sie mussten aus dem Gefängnis fliehen und zur Zeitmaschine gelangen. Es würde nicht einfach sein. Aber sie waren entschlossen.

"Wir brauchen Ausrüstung", sagte Marcus. "Waffen, Essen, Kleidung." Konrad nickte. "Ja", sagte er. "Und wir brauchen einen Plan. Wir müssen wissen, wann und wie wir fliehen können."

Die nächsten Tage verbrachten sie damit, alles zu planen. Sie sprachen mit anderen Gladiatoren. Einige wollten helfen. Andere hatten Angst. Aber Marcus und Konrad waren entschlossen.

In der Nacht sammelten sie alles, was sie brauchten. Sie fanden Waffen und Essen. Sie nahmen Kleidung und andere Dinge. Sie versteckten alles in einem Geheimversteck.

Die Tage vergingen. Marcus und Konrad trainierten weiter. Sie kämpften im Kolosseum. Aber sie warteten auf den richtigen Moment.

Eines Tages kam die Gelegenheit. Es gab einen großen Kampf im Kolosseum. Viele Gladiatoren sollten kämpfen. Das Kolosseum war voller Menschen. Es war laut und chaotisch. Marcus und Konrad wussten, dass es die perfekte Gelegenheit war.

Sie gingen in die Mitte des Kolosseums. Sie taten so, als würden sie kämpfen. Aber sie hatten einen Plan. Während des Kampfes rannten sie zu einem der Tore. Sie kämpften gegen die Wachen und rannten heraus. Die Menschen im Kolosseum waren schockiert. Aber Marcus und Konrad waren schnell. Sie rannten durch die Straßen von Rom. Sie rannten zu Konrads Zeitmaschine.

Es war eine gefährliche Flucht. Überall waren Wachen und Soldaten. Aber Marcus und Konrad waren schnell und schlau. Sie versteckten sich und rannten weiter. Sie wussten, dass sie nicht aufgeben durften.

1. Ausrüstung – Equipment
2. Ecke – Corner
3. Entscheidend – Determined
4. Fliehen – Escape
5. Gefängnis – Prison
6. Geheimversteck – Secret hiding place
7. Gelegenheit – Opportunity
8. Kämpften – Fought
9. Kleidung – Clothes
10. Kolosseum – Colosseum
11. Nahrung – Food
12. Planen – Plan
13. Schlau – Clever
14. Schockiert – Shocked
15. Schwierig – Difficult
16. Soldaten – Soldiers
17. Taten – Did
18. Trainierten – Trained
19. Unglaublich – Incredible
20. Versteckten – Hid

5. Die Suche nach Ausrüstung

In den engen Gassen von Rom suchten Konrad und Marcus nach Dingen, die sie für ihre Flucht brauchten. Es gab viele Menschen. Sie verkauften Essen, Kleidung und viele andere Dinge. Marcus kannte die Stadt gut. Er führte Konrad durch die Straßen.

"Wir brauchen Essen und Trinken", sagte Marcus. "Und Kleidung. Deine Kleidung sieht sehr fremd aus." Konrad nickte. "Ja, du hast recht", sagte er.

Plötzlich sah Marcus einen alten Freund. Es war ein Händler. Sein Name war Lucius. "Hallo Lucius!", rief Marcus. Lucius sah Marcus und lächelte. "Hallo Marcus!", sagte er. "Wie geht es dir?"

"Gut, danke", sagte Marcus. "Das ist mein Freund Konrad." Lucius sah Konrad an und nickte. "Hallo Konrad", sagte er.

Konrad und Marcus erzählten Lucius von ihrem Plan. Sie brauchten Ausrüstung. Lucius dachte nach. "Ich kann euch helfen", sagte er. "Aber es wird nicht einfach sein."

Lucius führte die beiden Männer zu seinem Stand. Es gab viele Dinge. Essen, Trinken, Kleidung und Werkzeuge. Marcus und Konrad suchten nach allem, was sie brauchten.

"Das ist gut", sagte Marcus und zeigte auf ein Stück Brot. "Und das auch", sagte Konrad und nahm eine Flasche Wasser.

Lucius gab ihnen alles, was sie brauchten. "Das ist ein Geschenk von mir", sagte er. "Aber seid vorsichtig. Es gibt viele Wachen in der Stadt."

Konrad und Marcus dankten Lucius. "Danke", sagte Konrad. "Das ist sehr nett von dir." Lucius lächelte. "Ihr seid meine Freunde", sagte er. "Passt auf euch auf."

Die beiden Männer verließen den Stand und gingen weiter. Sie waren glücklich. Sie hatten alles, was sie brauchten. Aber sie wussten auch, dass es gefährlich war.

Plötzlich hörten sie Schreie. "Haltet sie auf!", rief jemand. Konrad und Marcus sahen sich um. Es gab viele Wachen. Sie kamen auf sie zu.

"Schnell!", rief Marcus. "Wir müssen weg!" Die beiden Männer rannten los. Sie rannten durch die Gassen von Rom. Sie rannten so schnell sie konnten.

Die Wachen waren überall. Sie suchten nach den beiden Männern. Aber Konrad und Marcus waren schneller. Sie versteckten sich in einem kleinen Haus.

"Das war knapp", sagte Konrad und atmete schwer. "Ja", sagte Marcus. "Aber wir sind sicher. Für jetzt."

Die beiden Männer warteten. Sie hörten die Wachen draußen. Sie suchten nach ihnen. Aber nach einer Weile gingen sie weg.

Konrad und Marcus verließen das Haus. Es war dunkel. Die Stadt war still. "Wir müssen weiter", sagte Marcus. "Zurück zur Zeitmaschine."

Konrad nickte. "Ja", sagte er. "Aber wir müssen vorsichtig sein. Die Wachen suchen immer noch nach uns."

Die beiden Männer gingen weiter. Sie waren müde und hungrig. Aber sie wussten, dass sie nicht aufgeben durften. Sie mussten zurück zur Zeitmaschine. Und zurück nach Hause.

1. Atemlos – Breathless
2. Ausrüstung – Equipment
3. Engen – Narrow
4. Flasche – Bottle
5. Flucht – Escape
6. Fremd – Strange
7. Gassen – Alleys
8. Geschenk – Gift
9. Händler – Merchant
10. Hungrig – Hungry
11. Knapp – Close, nearly
12. Nicken – Nod
13. Schreie – Shouts
14. Stand – Stand, stall
15. Suchten – Searched

16. Trinken – Drink
17. Verkauften – Sold
18. Vorsichtig – Careful
19. Wachen – Guards
20. Werkzeuge – Tools

6. Der Kampf mit den Wachen

Es war still im kleinen Raum. Marcus und Konrad hörten die Wachen draußen wieder. Sie warteten. Die Wachen suchten nach ihnen.

Marcus sah Konrad an. "Wir können hier nicht ewig bleiben", flüsterte er. "Wir müssen kämpfen."

Konrad nickte. "Ja", sagte er. "Wir müssen fliehen. Aber wie?"

Marcus dachte nach. "Wir sind zu zweit", sagte er. "Die Wachen sind viele. Aber wir sind schlau. Wir können sie überlisten."

Konrad lächelte. "Ja", sagte er. "Wir können das schaffen."

Die beiden Männer öffneten vorsichtig die Tür. Sie sahen die Wachen. Die Wachen standen in einer Gruppe. Sie sprachen miteinander. Marcus und Konrad schlichen sich näher.

Plötzlich rief eine Wache: "Da sind sie!" Die Wachen sahen die beiden Männer. Sie kamen auf sie zu. Marcus und Konrad waren bereit.

Der Kampf begann. Es war ein harter Kampf. Die Wachen waren stark. Aber Marcus und Konrad waren schlau. Sie nutzten ihre Intelligenz und Geschicklichkeit.

Marcus kämpfte gegen zwei Wachen. Er war schnell. Er schlug eine Wache und rannte weg. Die andere Wache folgte ihm. Konrad kämpfte gegen eine Wache. Er war geschickt. Er nutzte einen Stein und warf ihn. Die Wache fiel hin.

Die Wachen waren überall. Marcus und Konrad rannten und kämpften. Sie halfen einander. Sie waren ein gutes Team.

Nach einer langen Zeit war der Kampf vorbei. Marcus und Konrad standen alleine da. Die Wachen lagen am Boden. Sie waren besiegt.

Marcus atmete schwer. "Das war schwer", sagte er. Konrad nickte. "Ja", sagte er. "Aber wir haben es geschafft."

Die beiden Männer sahen sich um. Sie waren frei. Sie konnten fliehen. Aber es gab ein Problem. Wo war die Zeitmaschine?

Konrad dachte nach. "Ich habe die Zeitmaschine versteckt", sagte er. "Aber ich weiß nicht, wo. Wir müssen sie finden."

Marcus nickte. "Ja", sagte er. "Wir müssen die Zeitmaschine finden. Sie ist unsere einzige Chance."

Die beiden Männer begannen zu suchen. Sie suchten überall. Sie suchten in den Gängen und in den Räumen. Sie suchten draußen und drinnen. Aber sie fanden die Zeitmaschine nicht.

Es wurde dunkel. Marcus und Konrad waren müde. Sie setzten sich hin. Sie dachten nach. Wo war die Zeitmaschine?

Plötzlich hatte Konrad eine Idee. "Ich erinnere mich!", rief er. "Ich habe die Zeitmaschine in der Nähe eines Baumes versteckt. Ein großer Baum!"

Marcus lächelte. "Das ist gut!", rief er. "Lass uns dorthin gehen!"

Die beiden Männer rannten los. Sie rannten durch die dunkle Nacht. Sie rannten zum Baum. Sie hofften, die Zeitmaschine dort zu finden.

1. Atmete – Breathed
2. Besiegt – Defeated
3. Ewig – Forever
4. Fliehen – Escape
5. Geschicklichkeit – Skill
6. Geschlagen – Hit
7. Gängen – Corridors
8. Harter – Hard

9. Intelligenz – Intelligence
10. Kampf – Fight
11. Lagen – Lay
12. Müde – Tired
13. Räumen – Rooms
14. Schlich – Crept
15. Schlau – Clever
16. Stein – Stone
17. Überall – Everywhere
18. Überlisten – Outsmart
19. Vorsichtig – Carefully
20. Wachen – Guards

7. Die Suche nach der Zeitmaschine

Es war Nacht in Rom. Der Himmel war dunkel, und die Sterne leuchteten hell. Marcus und Konrad rannten durch die Gassen. Sie suchten nach der Zeitmaschine.

“Ich erinnere mich, dass ich die Maschine in der Nähe eines großen Baumes versteckt habe”, sagte Konrad. “Aber wo ist dieser Baum?”

Marcus sah sich um. “Es gibt viele Bäume in Rom”, sagte er. “Wir müssen weiter suchen.”

Die beiden Männer rannten weiter. Sie suchten überall. Sie suchten in den Gassen und auf den Plätzen. Sie suchten in den Parks und in den Wäldern. Aber sie fanden die Zeitmaschine nicht.

“Ich verstehe das nicht”, sagte Konrad. “Ich bin sicher, dass ich die Maschine hier versteckt habe.”

Marcus nickte. “Ich glaube dir”, sagte er. “Aber vielleicht hat jemand die Maschine gefunden und sie mitgenommen.”

Konrad dachte nach. “Ja, das ist möglich”, sagte er. “Aber wer? Und warum?”

Plötzlich hörten sie eine Stimme. “Sucht ihr etwas?”, fragte ein alter Mann. Er stand neben einem Haus und sah die beiden Männer an. Er hatte graue Haare und trug alte Kleidung.

Marcus und Konrad gingen zu ihm. "Ja, wir suchen etwas", sagte Marcus. "Wir suchen eine Maschine. Eine besondere Maschine."

Der alte Mann lächelte. "Ich habe so etwas gesehen", sagte er. "Eine seltsame Maschine. In der Nähe eines großen Baumes."

Konrad sah ihn überrascht an. "Wo?", fragte er. "Wo ist dieser Baum?"

Der alte Mann zeigte mit seiner Hand. "Dort", sagte er. "Dort, wo der Fluss ist."

Marcus und Konrad dankten dem alten Mann. "Danke", sagten sie. "Danke für deine Hilfe."

Der alte Mann lächelte. "Kein Problem", sagte er. "Aber seid vorsichtig. Die Maschine ist seltsam. Und gefährlich."

Die beiden Männer rannten los. Sie rannten zum Fluss. Sie rannten so schnell sie konnten. Sie wollten die Zeitmaschine finden.

Am Fluss angekommen, suchten sie nach dem großen Baum. Und dann sahen sie ihn. Der Baum war groß und alt. Und neben dem Baum war die Zeitmaschine.

Konrad lachte. "Da ist sie!", rief er. "Wir haben sie gefunden!"

Marcus lächelte. "Ja", sagte er. "Jetzt können wir nach Hause gehen."

Aber es gab ein Problem. Die Zeitmaschine war kaputt. Jemand hatte sie beschädigt.

Konrad sah sie an. "Oh nein", sagte er. "Die Maschine ist kaputt. Was sollen wir jetzt tun?"

Marcus dachte nach. "Wir müssen sie reparieren", sagte er. "Wir müssen nach Hause gehen."

Konrad nickte. "Ja", sagte er. "Aber wie? Wir haben keine Werkzeuge."

Marcus lächelte. "Vielleicht kann uns der alte Mann helfen", sagte er. "Er kennt viele Dinge. Vielleicht hat er Werkzeuge."

Die beiden Männer gingen zurück zum alten Mann. Sie baten ihn um Hilfe. Und der alte Mann half ihnen. Er gab ihnen Werkzeuge und half ihnen, die Maschine zu reparieren.

Nach vielen Stunden war die Maschine wieder bereit. Konrad und Marcus bedankten sich beim alten Mann. "Danke", sagten sie. "Danke für alles."

Der alte Mann lächelte. "Kein Problem", sagte er. "Aber seid vorsichtig. Die Zeit ist ein seltsamer Ort."

1. Angekommen – Arrived
2. Bäume – Trees
3. Beschädigt – Damaged
4. Fluss – River
5. Gassen – Alleys
6. Graue – Grey
7. Himmel – Sky
8. Kaputt – Broken
9. Lachte – Laughed
10. Leuchteten – Shone
11. Maschine – Machine
12. Nacht – Night
13. Plätze – Squares
14. Reparieren – Repair
15. Seltsam – Strange
16. Sterne – Stars
17. Versteckt – Hidden
18. Werkzeuge – Tools
19. Wäldern – Forests
20. Überall – Everywhere

8. Zurück in die Zukunft

Die Zeitmaschine stand neben dem großen Baum. Der Fluss glänzte im Mondlicht. Konrad und Marcus standen davor und sahen die Maschine an.

"Es ist eine wunderschöne Maschine", sagte Marcus. "So etwas habe ich noch nie gesehen."

Konrad lächelte. "Ja", sagte er. "Es ist meine Erfindung. Und jetzt kann ich damit zurück in meine Zeit reisen."

Marcus sah ihn traurig an. "Du gehst also?", fragte er.

Konrad nickte. "Ja", sagte er. "Ich muss zurück. Mein Zuhause ist in der Zukunft. Meine Familie und meine Freunde warten auf mich."

Marcus verstand. "Ich werde dich vermissen", sagte er.

Konrad umarmte ihn. "Ich werde dich auch vermissen", sagte er. "Aber ich werde nie vergessen, was du für mich getan hast. Danke, Marcus."

Marcus lächelte. "Kein Problem", sagte er. "Das ist, was Freunde tun."

Konrad ging zur Zeitmaschine. Er öffnete die Tür und stieg ein. Er sah sich die Knöpfe und Schalter an. Er stellte das Datum ein. Das Datum seiner Zeit.

Er sah aus dem Fenster und winkte Marcus. Marcus winkte zurück. Dann startete Konrad die Maschine. Es gab ein lautes Geräusch. Ein helles Licht. Und dann war die Maschine weg.

Marcus stand allein neben dem Baum. Er sah den Platz an, wo die Maschine gestanden hatte. "Auf Wiedersehen, Konrad", flüsterte er.

In der Zeitmaschine war alles ruhig. Konrad sah die Lichter und die Zahlen. Er fühlte die Bewegung. Er reiste durch die Zeit.

Dann stoppte die Maschine. Konrad öffnete die Tür und stieg aus. Er sah sich um. Er war zurück. Zurück in seiner Zeit. Zurück in der modernen Welt.

Die Gebäude waren hoch. Die Straßen waren voller Autos. Die Menschen gingen schnell. Sie trugen moderne Kleidung. Sie sprachen in Handys.

Konrad lächelte. "Ich bin zurück", sagte er. "Ich bin zu Hause."

Er ging die Straße entlang. Er sah die Geschäfte und die Cafés. Er hörte die Musik und die Geräusche der Stadt.

Plötzlich hörte er eine Stimme. "Konrad! Konrad!"

Er drehte sich um und sah einen Mann. Der Mann rannte zu ihm. Es war ein Freund von Konrad. "Konrad!", rief der Freund. "Wo warst du? Wir haben uns Sorgen gemacht!"

Konrad lächelte. "Ich war auf einer Reise", sagte er. "Eine sehr besondere Reise."

Der Freund sah ihn verwirrt an. "Was meinst du?", fragte er.

Konrad dachte an Marcus und das alte Rom. Er dachte an den Gladiatorenkampf und den alten Mann. "Ich erzähle dir später davon", sagte er. "Jetzt bin ich nur froh, wieder hier zu sein."

Der Freund umarmte ihn. "Wir sind auch froh", sagte er. "Willkommen zurück, Konrad."

1. Bewegung – Movement
2. Cafés – Cafés
3. Datum – Date
4. Ein – One (in context: set)
5. Fenster – Window
6. Fluss – River
7. Gebäude – Buildings
8. Geräusch – Noise
9. Geschäfte – Shops
10. Glänzte – Shone
11. Handys – Mobile phones
12. Knöpfe – Buttons
13. Lichter – Lights
14. Mondlicht – Moonlight

15. Schalter – Switches
16. Straßen – Streets
17. Umarmte – Hugged
18. Vermissen – Miss
19. Winkte – Waved
20. Zahlen – Numbers

9. Das Ende eines Abenteuers

Konrad war endlich zu Hause. Er sah sich in seinem Wohnzimmer um. Alles war so, wie er es verlassen hatte. Aber für Konrad war alles anders. Er hatte so viel erlebt. Er war in einer anderen Zeit gewesen, in einem anderen Ort.

Seine Familie und Freunde waren bei ihm. Sie sahen ihn mit großen Augen an. "Konrad", sagte seine Schwester Anna, "wo warst du? Wir haben uns so viele Sorgen gemacht!"

Konrad lächelte. "Ich war weit weg", sagte er. "Ich war im alten Rom."

Sein Freund David lachte. "Das ist ein guter Witz", sagte er.

Aber Konrad schüttelte den Kopf. "Es ist kein Witz", sagte er. "Ich war wirklich im alten Rom. Ich habe mit Gladiatoren gekämpft. Ich habe einen Freund namens Marcus getroffen. Es war ein großes Abenteuer."

Anna sah ihn überrascht an. "Erzähl uns mehr", sagte sie.

Konrad setzte sich auf das Sofa. "Okay", sagte er. "Ich erzähle euch alles."

Er erzählte von seiner Zeitmaschine, von seiner Ankunft im alten Rom, von den Menschen, die er getroffen hatte, von den Gefahren und den Abenteuern. Er sprach lange, und alle hörten ihm zu.

"Es war nicht einfach", sagte er. "Aber ich habe viel gelernt. Ich habe gelernt, dass Freundschaft wichtig ist. Dass man immer kämpfen muss, auch wenn es schwer ist. Dass man nie aufgeben darf."

Seine Mutter sah ihn stolz an. "Du bist mutig", sagte sie.

Konrad lächelte. "Danke, Mama", sagte er. "Aber ich bin froh, wieder hier zu sein. Bei euch. Zu Hause."

David sah ihn neugierig an. "Wirst du wieder reisen?", fragte er. "Mit deiner Zeitmaschine?"

Konrad dachte nach. "Vielleicht", sagte er. "Es gibt so viele Orte, die ich besuchen möchte. So viele Zeiten, die ich sehen möchte. Aber jetzt möchte ich erst einmal hier bleiben. Bei euch."

Anna umarmte ihn. "Wir sind froh, dass du wieder hier bist", sagte sie. "Aber wir möchten auch mehr von deinen Abenteuern hören."

Konrad lachte. "Kein Problem", sagte er. "Ich habe viele Geschichten zu erzählen."

Die Tage vergingen. Konrad war wieder zu Hause. Er arbeitete in seinem Labor und verbesserte seine Zeitmaschine. Er traf seine Freunde und erzählte ihnen von seinen Abenteuern. Er war glücklich.

Aber manchmal, wenn er allein war, dachte er an Marcus und das alte Rom. Er dachte an die Kämpfe, die er gekämpft hatte, an die Freunde, die er getroffen hatte, an die Dinge, die er gesehen hatte. Er wusste, dass er diese Zeit nie vergessen würde.

Und eines Tages, als er in seinem Labor stand und seine Zeitmaschine ansah, wusste er, dass er wieder reisen würde. Er wusste nicht, wohin oder wann. Aber er wusste, dass es ein neues Abenteuer geben würde.

"Vielleicht eines Tages", dachte er. "Aber jetzt bin ich froh, hier zu sein. Bei meiner Familie, bei meinen Freunden. In meiner Zeit."

   1. Abenteuer – Adventure
   2. Ankunft – Arrival
   3. Erzählte – Told
   4. Gefahren – Dangers
   5. Geschichten – Stories

6. Gladiatoren – Gladiators
7. Kämpfen – Fights
8. Kämpfte – Fought
9. Lachte – Laughed
10. Labor – Laboratory
11. Mutig – Brave
12. Neugierig – Curious
13. Orte – Places
14. Schüttelte – Shook
15. Sofa – Sofa
16. Stolz – Proud
17. Umarmte – Hugged
18. Verlassen – Left
19. Wohnzimmer – Living room

Der letzte Tote

1. Die dritte Reise

Professor Konrad Haas steht in seinem großen Labor. Überall gibt es viele Maschinen, aber eine ist besonders: die Zeitmaschine. Er schaut sie an und denkt nach. Er hat schon zwei Reisen gemacht. Die erste Reise war ins Jahr 2084. Dort war es schrecklich. Die zweite Reise war ins alte Rom. Dort hat er Gladiatoren und römische Wachen getroffen. Das war auch sehr interessant.

Aber jetzt will er wieder reisen. Dieses Mal will er nicht so weit in die Vergangenheit oder in die Zukunft reisen. Er will nach Berlin im Jahr 1989. Er hat von der Berliner Mauer gehört. Er will sehen, wie das Leben in Berlin zu dieser Zeit war.

Er geht zu seiner Zeitmaschine und schaltet sie ein. Es gibt viele Knöpfe und Schalter. Konrad weiß genau, was er tun muss. Er stellt das Jahr 1989 ein und drückt den Startknopf. Die Maschine beginnt zu arbeiten. Es gibt viele Lichter und Geräusche. Konrad ist ein bisschen aufgeregt, aber er weiß, dass seine Maschine sicher ist.

Nach ein paar Minuten hört die Maschine auf zu arbeiten. Konrad öffnet die Tür und tritt heraus. Er ist in Berlin. Es sieht anders aus als heute. Die Gebäude, die Autos, die Menschen – alles ist anders. Aber er erkennt sofort die Berliner Mauer. Die große, graue Wand, die die Stadt teilt. Er kann nicht glauben, dass er wirklich hier ist.

Die Menschen auf der Straße schauen Konrad komisch an. Seine Kleidung ist anders. Sie sieht aus wie aus der Zukunft. Einige Menschen flüstern miteinander. Ein kleiner Junge zeigt auf Konrad und sagt: "Schau, Mama! Der Mann sieht komisch aus!" Konrad lächelt den Jungen an und winkt ihm zu.

Konrad geht weiter und sieht viele interessante Dinge. Es gibt viele Soldaten und Wachen an der Mauer. Es gibt auch viele Menschen, die traurig aussehen. Sie schauen zur anderen Seite der Mauer. Vielleicht haben sie Familie oder Freunde dort.

Konrad denkt nach. Er ist froh, dass er hier ist. Er will mehr über Berlin und die Menschen hier lernen. Er will wissen, warum die

Mauer gebaut wurde und wie die Menschen damit leben. Es wird eine interessante Reise.

Während er durch die Straßen geht, hört er Musik. Es kommt aus einem kleinen Café. Konrad geht hinein und setzt sich. Die Musik ist schön. Er bestellt einen Kaffee und genießt die Musik. Das Café ist voller Menschen. Einige lachen und reden, andere schauen traurig aus. Konrad denkt nach: Wie ist es, in einer geteilten Stadt zu leben? Er möchte mit den Menschen sprechen und ihre Geschichten hören.

Nach einer Weile steht Konrad auf und verlässt das Café. Er hat noch viel vor. Es gibt so viele Dinge zu sehen und zu lernen in Berlin 1989. Aber er weiß, dass er nicht viel Zeit hat. Er muss zurück zu seiner Zeitmaschine gehen, bevor es zu spät ist. Aber jetzt, in diesem Moment, genießt er seine Reise in die Vergangenheit.

Er geht weiter durch die Straßen von Berlin. Überall gibt es Menschen. Einige sind fröhlich, andere sind traurig. Es gibt viele Geschäfte und Restaurants. Konrad kauft ein Stück Brot und isst es, während er weitergeht. Es schmeckt gut. Er denkt an seine anderen Reisen und lächelt. Jede Reise ist ein Abenteuer. Und diese Reise ist besonders spannend.

Am Ende des Tages geht Konrad zurück zu seiner Zeitmaschine. Er denkt an all die Dinge, die er gesehen und gelernt hat. Berlin 1989 ist ein besonderer Ort. Es gibt so viele Geschichten und Erinnerungen. Konrad ist froh, dass er hier war. Er startet seine Zeitmaschine und kehrt zurück in seine Zeit. Es war ein langer Tag, aber es war ein guter Tag.

1. Abenteuer – Adventure
2. Aufgeregt – Excited
3. Autos – Cars
4. Berliner Mauer – Berlin Wall
5. Café – Café
6. Erkennt – Recognizes
7. Flüstern – Whisper

8. Gebäude – Buildings
9. Geräusche – Sounds
10. Geteilten – Divided
11. Komisch – Strange
12. Lächelt – Smiles
13. Schalter – Switches
14. Schmeckt – Tastes
15. Soldaten – Soldiers
16. Spannend – Exciting
17. Stadt – City
18. Teilt – Divides
19. Trinkt – Drinks
20. Wachen – Guards

2. Ein anderes Berlin

Konrad steht vor der Berliner Mauer. Er schaut hoch. Die Mauer ist groß und grau. Es gibt Bilder und Worte auf der Mauer. Einige sind traurig, andere sind hoffnungsvoll. Konrad denkt nach. Diese Mauer teilt die Stadt. Sie teilt Familien und Freunde. Sie teilt das Leben.

Es gibt viele Menschen hier. Einige stehen einfach nur da und schauen. Andere gehen weiter. Es gibt auch Kinder. Sie spielen in der Nähe der Mauer. Es sieht so normal aus, aber es ist nicht normal. Die Mauer ist überall. Sie ist immer da.

Konrad geht weiter. Er will mit den Menschen sprechen. Er will ihre Geschichten hören. Er geht zu einem älteren Mann. Der Mann steht alleine und schaut zur Mauer.

"Hallo", sagt Konrad. "Ich bin Konrad. Ich komme nicht von hier. Können Sie mir von der Mauer erzählen?"

Der Mann schaut Konrad an. Er sieht traurig aus. "Die Mauer", sagt er, "sie ist ein Teil von Berlin. Sie teilt die Stadt. Sie teilt die Menschen."

Konrad hört zu. Er will mehr wissen. "Warum wurde die Mauer gebaut?", fragt er.

Der Mann antwortet: "Es ist eine lange Geschichte. Es gibt viele Gründe. Aber am Ende ist es einfach: Die Mauer trennt Ost und West. Sie trennt zwei Welten, im Osten die sozialistische Diktatur und im Westen die Freiheit."

Konrad denkt nach. Er hat von der Geschichte gehört, aber jetzt sieht er sie. Er sieht die Wirklichkeit. Er sieht die Menschen und ihre Leben.

Der Mann fährt fort: "Ich habe Familie im Osten. Ich sehe sie nicht oft. Es ist schwer. Die Mauer ist immer da."

Konrad sieht den Schmerz im Gesicht des Mannes. Er sagt: "Es tut mir leid."

Der Mann lächelt. "Es ist das Leben", sagt er. "Aber wir hoffen. Wir hoffen immer."

Konrad nickt. Er versteht. Hoffnung ist wichtig.

Sie reden weiter. Der Mann erzählt von seiner Familie, von seiner Arbeit, von seinem Leben. Er erzählt von der Geschichte Berlins. Und er erzählt von einem Namen: Chris Gueffroy.

"Chris Gueffroy?", fragt Konrad.

"Ja", sagt der Mann. "Er ist das letzte Todesopfer an der Mauer. Es war sehr traurig."

Konrad hört zu. Er will wissen, was passiert ist. Der Mann erzählt: "Chris war jung. Er wollte frei sein. Er wollte über die Mauer gehen. Aber es war gefährlich. Sehr gefährlich."

Konrad sieht den Schmerz im Gesicht des Mannes. "Was ist passiert?", fragt er leise.

"Er wurde erschossen", sagt der Mann. "Er wollte frei sein, aber er hat es nicht geschafft."

Konrad schweigt. Es ist schwer zu hören. Es ist schwer zu verstehen. Aber er will es wissen. Er will die Wahrheit wissen.

Der Mann fährt fort: "Viele Menschen sind gestorben. Viele Menschen haben versucht, frei zu sein. Aber die Mauer war stark. Die Mauer war gefährlich."

Konrad nickt. Er versteht. "Danke", sagt er. "Danke, dass Sie mir erzählt haben."

Der Mann lächelt. "Es ist wichtig", sagt er. "Es ist wichtig, dass die Menschen wissen. Es ist wichtig, dass die Menschen erinnern."

Konrad nickt. Er ist dankbar. Er hat viel gelernt. Er hat die Geschichten gehört. Er hat die Menschen gesehen. Er hat die Mauer gesehen. Er wird es nie vergessen.

Konrad geht weiter. Er schaut sich um. Er sieht die Stadt. Er sieht die Menschen. Er sieht die Mauer. Es ist ein anderes Berlin. Es ist ein Berlin der Geschichte. Es ist ein Berlin der Menschen. Es ist ein Berlin der Hoffnung.

1. Bilder – Pictures
2. Diktatur – Dictatorship
3. Erschossen – Shot
4. Erzählt – Tells
5. Familie – Family
6. Freiheit – Freedom
7. Gefährlich – Dangerous
8. Geschichte – History
9. Geschichten – Stories
10. Hoffnung – Hope
11. Hoffnungsvoll – Hopeful
12. Leben – Life
13. Mauer – Wall
14. Osten – East
15. Schaut – Looks
16. Schmerz – Pain
17. Sozialistische – Socialist
18. Stadt – City
19. Todesopfer – Fatal victim
20. Westen – West

3. Das letzte Opfer

Konrad geht durch Berlin. Die Stadt ist voller Geschichte. Er denkt an die Worte des alten Mannes. Er denkt an Chris Gueffroy. Wer war Chris? Warum ist er gestorben? Konrad möchte Antworten. Er möchte mehr wissen.

Konrad geht in ein Café. Er setzt sich hin. Er bestellt einen Kaffee. Er schaut sich um. Es gibt viele Menschen im Café. Sie reden. Sie lachen. Sie leben. Konrad denkt an Chris. Hat Chris auch hier gesessen? Hat er auch Kaffee getrunken? Hat er auch gelacht?

Eine Frau setzt sich neben Konrad. Sie sieht freundlich aus. Konrad sagt "Hallo". Die Frau sagt auch "Hallo". Sie reden. Konrad erzählt von seiner Reise. Er erzählt von der Zeitmaschine. Er erzählt von Chris Gueffroy.

Die Frau hört zu. Sie sieht traurig aus. "Ich habe Chris gekannt", sagt sie.

Konrad schaut sie an. "Wirklich?", fragt er.

Die Frau nickt. "Ja", sagt sie. "Chris war mein Freund. Wir waren jung. Wir hatten Träume. Wir wollten frei sein."

Konrad hört zu. Er möchte alles wissen. "Erzählen Sie mir von Chris", bittet er.

Die Frau fängt an zu erzählen. "Chris war ein guter Mensch", sagt sie. "Er war lustig. Er war freundlich. Er hatte immer ein Lächeln im Gesicht."

Konrad sieht das Bild von Chris in seinem Kopf. Ein junger Mann mit einem Lächeln. Ein junger Mann mit Träumen.

Die Frau erzählt weiter. "Wir haben oft über die Mauer gesprochen", sagt sie. "Wir wollten rüber gehen. Wir wollten im Westen leben. Aber es war gefährlich. Viele Menschen sind gestorben."

Konrad denkt an die Worte des alten Mannes. Viele Menschen sind gestorben. Aber warum Chris?

Die Frau sieht traurig aus. "Chris hat es versucht", sagt sie. "Er wollte rüber gehen. Er wollte frei sein. Aber er hat es nicht geschafft. Die Polizei hat auf ihn geschossen."

Konrad schweigt. Er weiß, was passiert ist. Chris wurde erschossen. Es ist schwer zu hören. Es ist schwer zu glauben.

"Warum?", fragt Konrad leise.

Die Frau schaut ihn an. "Wir wussten, dass es gefährlich ist", sagt sie. "Aber wir hatten Hoffnung. Wir dachten, dass wir es schaffen können. Chris dachte auch so."

Konrad sieht den Schmerz in den Augen der Frau. "Es tut mir leid", sagt er.

Die Frau nickt. "Danke", sagt sie. "Es ist wichtig zu erinnern. Es ist wichtig zu wissen."

Konrad versteht. Er sieht die Wichtigkeit der Geschichte. Er sieht die Wichtigkeit der Erinnerung. Er sieht die Wichtigkeit der Menschen.

Die Frau steht auf. "Es war schön, mit Ihnen zu reden", sagt sie.

Konrad nickt. "Danke", sagt er. "Danke, dass Sie mir erzählt haben."

Die Frau geht. Konrad bleibt im Café. Er trinkt seinen Kaffee. Er denkt nach. Er denkt an Chris. Er denkt an die Frau. Er denkt an die Geschichte.

Berlin hat viele Geschichten. Berlin hat viele Menschen. Berlin hat viele Erinnerungen. Konrad ist ein Teil davon. Er ist ein Teil der Geschichte. Er ist ein Teil der Erinnerung.

Er steht auf. Er geht weiter. Er schaut sich um. Er sieht die Stadt. Er sieht die Menschen. Er sieht das Leben. Und er denkt an Chris. Chris, das letzte Opfer der Berliner Mauer. Chris, der junge Mann mit einem Lächeln. Chris, der Freund der Frau.

Konrad geht weiter. Er hat noch viel zu tun. Er hat noch viel zu sehen. Er hat noch viel zu lernen. Aber er wird Chris nicht vergessen. Er wird die Geschichte nicht vergessen. Er wird Berlin nicht vergessen. Es ist eine Stadt der Geschichte. Es ist eine Stadt der Menschen. Es ist eine Stadt der Erinnerung.

1. Antworten – Answers
2. Bittet – Asks
3. Café – Café
4. Denkt – Thinks
5. Erinnern – Remember
6. Erzählt – Tells
7. Freundlich – Friendly
8. Gefährlich – Dangerous
9. Geschichten – Stories
10. Getrunken – Drunk
11. Geschichte – History
12. Gestorben – Died
13. Junger – Young
14. Kaffee – Coffee
15. Lächeln – Smile
16. Lustig – Funny
17. Mauer – Wall
18. Polizei – Police
19. Rüber – Over (in context: across)
20. Träume – Dreams

4. Ost und West

Konrad geht weiter durch Berlin. Er sieht hohe Gebäude. Er sieht alte Häuser. Er sieht die Mauer. Die Mauer teilt die Stadt. Es gibt zwei Städte Berlin: Ost-Berlin und West-Berlin.

Er geht zuerst nach Ost-Berlin. Die Straßen sind anders. Die Häuser sind anders. Die Menschen sehen anders aus. Sie tragen andere Kleidung. Aber sie sind auch freundlich. Sie sagen "Hallo". Sie lächeln.

Konrad spricht mit einem Mann. Der Mann heißt Peter. Peter kommt aus Ost-Berlin. Er hat hier immer gelebt.

"Hallo, Peter", sagt Konrad. "Wie ist das Leben hier in Ost-Berlin?"

Peter denkt nach. "Es ist nicht immer leicht", sagt er. "Aber es ist mein Zuhause. Meine Familie lebt hier. Meine Freunde leben hier. Ich liebe meine Stadt."

Konrad nickt. "Was machst du hier?", fragt er.

Peter lächelt. "Ich arbeite in einer Fabrik", sagt er. "Ich mache Autos. Es ist ein guter Job. Aber es ist auch hart. Ich arbeite viel."

Konrad versteht. "Und was machst du in deiner Freizeit?", fragt er.

Peter denkt nach. "Ich lese gerne", sagt er. "Ich gehe ins Kino. Ich treffe meine Freunde. Wir spielen Fußball. Wir haben Spaß."

Konrad lächelt. "Das klingt gut", sagt er.

Peter nickt. "Ja", sagt er. "Es ist ein einfaches Leben. Aber es ist ein gutes Leben."

Konrad dankt Peter. Er geht weiter. Er geht nach West-Berlin.

West-Berlin ist anders. Es gibt mehr Geschäfte. Es gibt mehr Autos. Es gibt mehr Menschen. Sie tragen andere Kleidung. Sie haben andere Frisuren. Aber sie sind auch freundlich.

Konrad trifft eine Frau. Sie heißt Anna. Anna kommt aus West-Berlin.

"Hallo, Anna", sagt Konrad. "Wie ist das Leben hier in West-Berlin?"

Anna lächelt. "Es ist gut", sagt sie. "Ich habe einen guten Job. Ich habe viele Freunde. Ich gehe gerne aus. Es gibt viele Möglichkeiten hier."

Konrad nickt. "Was machst du?", fragt er.

Anna denkt nach. "Ich arbeite in einem Büro", sagt sie. "Ich schreibe Briefe. Ich mache Telefonate. Es ist ein guter Job."

Konrad versteht. "Und was machst du in deiner Freizeit?", fragt er.

Anna lächelt. "Ich gehe gerne tanzen", sagt sie. "Ich gehe ins Theater. Ich gehe ins Restaurant. Ich genieße das Leben."

Konrad lacht. "Das klingt auch gut", sagt er.

Anna nickt. "Ja", sagt sie. "Ich liebe meine Stadt. Ich liebe Berlin."

Konrad denkt nach. Ost-Berlin und West-Berlin sind unterschiedlich. Aber es gibt auch Gemeinsamkeiten. Die Menschen lieben ihre Stadt. Sie lieben ihr Leben. Sie haben Träume. Sie haben Hoffnungen.

Er geht weiter. Er sieht die Mauer. Die Mauer teilt die Stadt. Aber die Menschen sind nicht geteilt. Sie haben das gleiche Herz. Sie haben die gleichen Gefühle.

Konrad ist froh. Er hat viel gelernt. Er hat Berlin kennengelernt. Er hat die Menschen kennengelernt. Er hat Ost und West kennengelernt. Es war ein guter Tag. Es war ein guter Tag in Berlin. Es war ein guter Tag für Konrad.

1. Anders – Different
2. Autos – Cars
3. Büro – Office
4. Fabrik – Factory
5. Freizeit – Free time
6. Frisuren – Hairstyles
7. Fußball – Soccer
8. Gemeinsamkeiten – Similarities
9. Geschäfte – Shops
10. Hart – Hard
11. Kennengelernt – Got to know
12. Kleidung – Clothing
13. Möglichkeiten – Opportunities
14. Stadt – City
15. Tanzen – Dance
16. Teilt – Divides
17. Telefonate – Phone calls
18. Theater – Theater

5. Gefahr in der Stadt

Konrad steht am Fenster. Er schaut auf die Straße. Es ist Nacht. Die Stadt ist still. Aber Konrad ist unruhig. Er weiß, dass sie in Gefahr sind. Er weiß, dass die Stasi, die geheime Polizei, sie verfolgt. Er hat Angst. Aber er gibt nicht auf.

Seine Freunde sind bei ihm. Sie sitzen am Tisch. Sie sprechen leise. Sie machen Pläne. Sie wollen sicher sein. Sie wollen den Frieden. Aber die Stasi will das nicht.

"Wir müssen vorsichtig sein", sagt Konrad. "Die Stasi ist überall. Sie hören uns. Sie sehen uns. Wir müssen leise sein. Wir müssen schnell sein."

Seine Freunde nicken. Sie verstehen. Sie haben auch Angst. Aber sie sind mutig. Sie wollen helfen. Sie wollen den Frieden.

"Wir brauchen einen Plan", sagt einer. "Wir müssen die Stadt verlassen. Wir müssen an einen sicheren Ort gehen."

"Ja", sagt Konrad. "Aber wohin? Wo ist es sicher?"

Die Freunde denken nach. Sie überlegen. Sie kennen viele Orte. Aber wo ist es sicher? Wo können sie sich verstecken?

"Ich kenne einen Ort", sagt einer. "Es ist ein altes Haus. Es ist weit weg von der Stadt. Dort sind wir sicher."

Die Freunde sind glücklich. Sie haben einen Plan. Sie packen ihre Sachen. Sie nehmen Essen und Trinken. Sie nehmen ihre Plakate und Flyer. Sie nehmen ihre Musik. Sie sind bereit.

Sie verlassen das Haus. Sie gehen leise. Sie gehen schnell. Sie schauen sich um. Sie haben Angst. Die Stasi kann überall sein.

Sie gehen durch die Straßen. Sie gehen durch die Gassen. Sie gehen durch die Parks. Sie gehen durch die Wälder. Sie sind müde. Sie sind hungrig. Aber sie gehen weiter.

Nach vielen Stunden kommen sie an. Sie sehen das alte Haus. Es ist groß. Es ist alt. Es ist leer. Aber es ist sicher.

Sie gehen hinein. Sie schließen die Tür. Sie sind sicher. Sie sind müde. Sie legen sich hin. Sie schlafen.

Am nächsten Tag wachen sie auf. Sie sind froh. Sie sind sicher. Aber sie wissen, dass die Gefahr noch nicht vorbei ist. Die Stasi sucht sie. Sie müssen weiter kämpfen. Sie müssen weiter für den Frieden arbeiten.

Konrad steht auf. Er geht zum Fenster. Er schaut hinaus. Er sieht die Sonne. Er sieht die Bäume. Er sieht die Vögel. Er fühlt sich frei. Er fühlt sich sicher.

"Wir sind hier sicher", sagt Konrad. "Aber wir dürfen nicht aufgeben. Wir müssen weitermachen. Wir müssen weiter für den Frieden kämpfen."

Seine Freunde nicken. Sie sind einverstanden. Sie sind bereit. Sie sind mutig. Sie sind stark. Zusammen können sie alles schaffen. Zusammen können sie den Frieden bringen. Zusammen können sie die Mauer fallen lassen.

Die Tage vergehen. Die Freunde arbeiten. Sie planen. Sie organisieren. Sie treffen sich mit anderen Menschen. Sie sprechen über den Frieden. Sie sprechen über die Mauer. Sie sprechen über die Stasi.

Die Menschen hören zu. Sie sind interessiert. Sie wollen helfen. Sie wollen den Frieden. Sie wollen die Mauer weg. Sie wollen frei sein.

Konrad und seine Freunde sind glücklich. Sie wissen, dass sie nicht allein sind. Sie wissen, dass viele Menschen sie unterstützen. Sie wissen, dass sie den Frieden bringen können.

Aber sie wissen auch, dass die Gefahr noch nicht vorbei ist. Die Stasi ist immer noch da. Sie verfolgt sie. Sie beobachtet sie. Sie will sie stoppen.

Aber Konrad und seine Freunde geben nicht auf. Sie sind mutig. Sie sind stark. Sie sind bereit. Sie kämpfen für den Frieden. Sie kämpfen für die Freiheit. Sie kämpfen für Berlin.

1. Bereit – Ready
2. Essen – Food
3. Fenster – Window
4. Flyer – Flyers
5. Freiheit – Freedom
6. Gefahr – Danger
7. Gassen – Alleys
8. Hungrig – Hungry
9. Leise – Quiet
10. Mauer – Wall
11. Musik – Music
12. Nacht – Night
13. Orte – Places
14. Parks – Parks
15. Plakate – Posters
16. Sachen – Things
17. Sicher – Safe
18. Stasi – Stasi (East German Secret Police)
19. Trinken – Drink
20. Verfolgt – Followed

6. Die Botschaft der Freiheit

In der alten Wohnung in Berlin hat Konrad eine Idee. "Wir brauchen eine Botschaft der Freiheit", sagt er. "Musik ist eine Sprache, die alle verstehen. Warum organisieren wir nicht ein großes Konzert? Ein Konzert für die Freiheit."

Seine Freunde schauen ihn an. Sie denken nach. "Ein Konzert in Berlin?", fragt einer. "Ja!", sagt Konrad. "Ein Konzert, wo Musiker aus dem Osten und aus dem Westen zusammen spielen."

Die Idee gefällt allen. Sie sind aufgeregt. Sie wollen helfen. Sie wollen den Frieden. "Ein Konzert ist eine gute Idee", sagt eine Freundin. "Musik verbindet Menschen."

Konrad beginnt zu planen. Er ruft Musiker an. Er spricht mit Freunden. Er organisiert das Konzert. Es ist viel Arbeit, aber er ist glücklich. Er hat Hoffnung.

Die Tage vergehen. Das Konzert wird bekannt. In der Zeitung steht: "Großes Konzert für den Frieden in Berlin!" Die Menschen sind neugierig. Sie wollen kommen. Sie wollen die Musik hören. Sie wollen den Frieden fühlen.

Endlich ist der Tag des Konzerts da. Es ist ein schöner Tag. Die Sonne scheint. Der Himmel ist blau. Es ist warm. Die Menschen kommen. Sie kommen aus dem Osten. Sie kommen aus dem Westen. Sie sind jung. Sie sind alt. Sie sind alle da.

Das Konzert beginnt. Die Musik spielt. Es ist laut. Es ist schön. Die Menschen klatschen. Sie tanzen. Sie singen. Sie lachen. Sie weinen. Sie fühlen den Frieden.

Konrad steht auf der Bühne. Er sieht die Menschen. Er sieht ihre Gesichter. Er sieht ihre Augen. Er sieht die Hoffnung. Er ist glücklich. Er spricht zu den Menschen: "Musik ist Frieden. Musik ist Liebe. Musik verbindet uns. Lasst uns zusammen sein. Lasst uns den Frieden feiern."

Die Menschen hören zu. Sie nicken. Sie klatschen. Sie jubeln. Sie sind glücklich. Sie sind zusammen. Sie sind eins.

Die Musik spielt weiter. Es gibt viele Lieder. Lieder aus dem Osten. Lieder aus dem Westen. Lieder über den Frieden. Lieder über die Liebe. Lieder über die Hoffnung.

Die Menschen hören zu. Sie fühlen die Musik. Sie fühlen den Frieden. Sie fühlen die Liebe. Sie fühlen die Hoffnung.

Das Konzert geht zu Ende. Die Menschen gehen nach Hause. Aber sie sind anders. Sie haben die Musik gehört. Sie haben den Frieden gefühlt. Sie haben die Hoffnung gesehen. Sie sind verändert.

Konrad steht noch auf der Bühne. Er schaut sich um. Er sieht die leeren Stühle. Er sieht die Bühne. Er sieht den Himmel. Er fühlt den Frieden. Er ist glücklich.

"Das war ein guter Tag", denkt er. "Ein Tag des Friedens. Ein Tag der Musik. Ein Tag der Hoffnung."

Er geht von der Bühne. Seine Freunde kommen zu ihm. Sie umarmen ihn. Sie danken ihm. "Das war eine gute Idee", sagen sie. "Ein Konzert für den Frieden."

Konrad lächelt. Er ist müde. Er ist glücklich. Er weiß, dass der Frieden möglich ist. Er weiß, dass die Musik hilft. Er weiß, dass die Menschen zusammen sind. Er hat Hoffnung.

In Berlin gibt es viele Veränderungen. Die Menschen sprechen über den Frieden. Sie sprechen über die Musik. Sie sprechen über das Konzert. Sie wollen Veränderungen. Sie wollen den Frieden. Sie wollen die Mauer weg. Sie wollen zusammen sein.

Konrad hat eine Idee. Er hat den Frieden gebracht. Er hat die Musik gebracht. Er hat die Hoffnung gebracht. Er ist glücklich. Berlin ist glücklich. Der Frieden ist möglich.

1. Botschaft – Message
2. Bühne – Stage
3. Gesichter – Faces
4. Hoffnung – Hope
5. Jubeln – Cheer
6. Konzert – Concert
7. Lachen – Laugh
8. Lieder – Songs
9. Musiker – Musicians
10. Neugierig – Curious
11. Planen – Plan
12. Sprechen – Speak
13. Stühle – Chairs
14. Tanzen – Dance
15. Umarmen – Hug
16. Veränderungen – Changes

17. Verbindet – Connects
18. Weinen – Cry
19. Zeitung – Newspaper

7. Die Nacht der Entscheidung

Es ist ein kalter Tag in Berlin. Der Himmel ist grau, aber die Stadt fühlt sich warm und lebendig an. Überall in der Stadt herrscht Aufregung. Die Menschen sprechen, lachen und hoffen. Sie wissen, dass etwas Großes passieren wird.

Konrad steht in seiner Wohnung und schaut aus dem Fenster. Er sieht die Menschen auf der Straße. Sie tragen Plakate. Auf den Plakaten stehen Worte wie "Freiheit", "Frieden" und "Hoffnung". Er lächelt. Er ist stolz. Er ist bereit.

Seine Freunde kommen in die Wohnung. Sie tragen auch Plakate. Sie sind auch bereit. Sie sprechen über den Plan für den Abend. Sie wollen zusammen auf die Straße gehen. Sie wollen ihre Stimmen hören lassen.

"Wir sind stark, wenn wir zusammen sind", sagt eine Freundin. "Wir können die Mauer niederreißen. Wir können frei sein."

Die Freunde nicken. Sie stimmen zu. Sie sind aufgeregt. Sie sind auch ein bisschen ängstlich. Aber sie sind zusammen. Sie sind stark.

Es wird dunkel. Die Lichter der Stadt leuchten. Die Straßen sind voller Menschen. Sie singen. Sie rufen. Sie klatschen. Sie tanzen. Sie sind glücklich. Sie sind hoffnungsvoll.

Konrad und seine Freunde gehen auf die Straße. Sie tragen ihre Plakate. Sie rufen auch. Sie singen auch. Sie sind Teil der großen Gruppe. Sie sind Teil der Bewegung. Sie sind Teil der Geschichte.

Die Nacht ist lang. Es gibt viele Reden. Es gibt viele Lieder. Es gibt viele Tränen. Es gibt viel Hoffnung. Die Menschen stehen zusammen. Sie wollen die Mauer nicht mehr. Sie wollen frei sein. Sie wollen zusammen sein.

Konrad steht mit seinen Freunden. Er fühlt die Energie der Menschen. Er fühlt die Kraft der Worte. Er fühlt die Musik in der Luft. Er weiß, dass diese Nacht wichtig ist. Er weiß, dass diese Nacht die Zukunft ändern kann.

Die Stunden vergehen. Es wird kälter. Aber die Menschen bleiben. Sie wollen nicht gehen. Sie wollen zusammen sein. Sie wollen den Moment fühlen.

Dann, in der Mitte der Nacht, passiert etwas. Eine Stimme ruft durch die Lautsprecher. Die Menschen hören zu. Sie hören die Worte. Sie verstehen die Nachricht. Sie klatschen. Sie jubeln. Sie weinen. Sie lachen.

Die Mauer wird fallen! Die Menschen werden frei sein!

Konrad schaut sich um. Er sieht die Gesichter der Menschen. Er sieht die Freude. Er sieht die Hoffnung. Er sieht den Frieden. Er lächelt. Er weiß, dass die Reise nicht einfach war. Er weiß, dass es viele Herausforderungen gab. Aber er weiß auch, dass die Menschen stark sind. Sie sind mutig. Sie sind vereint.

Die Nacht geht weiter. Die Menschen feiern. Sie tanzen. Sie singen. Sie teilen Geschichten. Sie teilen Träume. Sie teilen Hoffnung.

Am Morgen geht die Sonne auf. Der Himmel ist blau. Die Stadt ist still. Aber es ist eine gute Stille. Es ist eine Stille des Friedens. Es ist eine Stille der Freiheit.

Konrad steht mit seinen Freunden. Sie schauen sich an. Sie lächeln. Sie wissen, dass sie Teil von etwas Großem waren. Sie wissen, dass sie Geschichte geschrieben haben. Sie wissen, dass sie die Welt verändert haben.

"Das war eine gute Nacht", sagt Konrad. "Eine Nacht der Entscheidung. Eine Nacht des Wandels. Eine Nacht des Friedens."

Seine Freunde nicken. Sie stimmen zu. Sie sind müde. Sie sind glücklich. Sie sind frei.

Und in der Ferne, in der Mitte der Stadt, steht die Mauer. Sie ist immer noch da. Aber sie ist schwächer. Sie wird bald fallen. Und die Menschen werden zusammen sein. Sie werden frei sein. Sie werden in Frieden leben.

1. Aufregung – Excitement
2. Bewegung – Movement
3. Energie – Energy
4. Entscheidung – Decision
5. Freiheit – Freedom
6. Herausforderungen – Challenges
7. Hoffnungsvoll – Hopeful
8. Klatschen – Clap
9. Kraft – Power
10. Lautsprecher – Loudspeakers
11. Lebendig – Lively
12. Lichter – Lights
13. Mauer – Wall
14. Nacht – Night
15. Plakate – Posters
16. Reden – Speeches
17. Rufen – Shout
18. Stille – Silence
19. Stimmen – Voices
20. Tränen – Tears

8. Die Mauer fällt

Es ist ein besonderer Tag. Ein Tag, den die Menschen nie vergessen werden. Es ist der 9. November 1989. Der Himmel über Berlin ist klar. Die Sonne scheint. Die Vögel singen. Aber die Menschen schauen nicht nach oben. Sie schauen auf die Mauer.

Seit vielen Jahren teilt die Mauer Berlin. Es gibt Ost-Berlin und West-Berlin. Viele Menschen sind traurig. Familien sind getrennt. Freunde können sich nicht sehen. Aber heute ist ein besonderer Tag. Heute könnte alles anders werden.

Konrad steht mit seinen Freunden vor der Mauer. Sie warten. Sie hoffen. Sie träumen. Konrad denkt an die letzten Tage. Er denkt an das Konzert. Er denkt an die Reden. Er denkt an die Menschen. Er fühlt, dass heute etwas passieren wird.

Um ihn herum sind viele Menschen. Sie reden. Sie lachen. Sie weinen. Sie singen. Sie klatschen. Sie warten. Sie warten auf den Moment, den sie alle erhoffen.

Dann passiert es. Es ist ein kleiner Moment, aber es ist ein großer Moment. Die Tore der Mauer öffnen sich. Langsam, ganz langsam. Die Menschen schauen hin. Sie können es nicht glauben. Ist es wirklich wahr? Kann es wirklich sein?

Konrad schaut zu den Toren. Sein Herz klopft schnell. Er fühlt sich glücklich. Er fühlt sich frei. Er geht langsam zu den Toren. Seine Freunde folgen ihm. Sie gehen zusammen. Hand in Hand. Schritt für Schritt.

Die Menschen vor den Toren jubeln. Sie rufen. Sie klatschen. Sie singen. Sie tanzen. Es ist wie ein großes Fest. Ein Fest der Freiheit. Ein Fest der Einheit. Ein Fest der Liebe.

Konrad steht vor den Toren. Er schaut nach Ost-Berlin. Er sieht die Menschen dort. Sie sehen glücklich aus. Sie winken. Sie lächeln. Sie rufen. Sie sind auch frei.

Die Menschen aus West-Berlin und Ost-Berlin treffen sich. Sie umarmen sich. Sie küssen sich. Sie lachen. Sie weinen. Es ist ein Moment der Freude. Ein Moment des Glücks. Ein Moment des Friedens.

Konrad umarmt einen Mann aus Ost-Berlin. Sie haben sich nie zuvor gesehen. Aber in diesem Moment sind sie Freunde. Sie sind Brüder. Sie sind ein Volk. Sie sind Deutsche.

Die Nacht kommt. Aber die Menschen gehen nicht nach Hause. Sie bleiben. Sie feiern. Sie singen. Sie tanzen. Sie teilen Geschichten. Sie teilen Essen. Sie teilen Getränke. Sie teilen Freude.

Konrad schaut in den Himmel. Die Sterne leuchten hell. Er fühlt sich dankbar. Er fühlt sich glücklich. Er weiß, dass dieser Tag Geschichte geschrieben hat. Er weiß, dass dieser Tag die Welt verändert hat.

"Die Mauer ist gefallen", sagt er leise. "Wir sind frei. Wir sind zusammen. Wir sind ein Volk."

Seine Freunde nicken. Sie stimmen zu. Sie sind glücklich. Sie sind stolz. Sie sind dankbar.

Die Menschen feiern die ganze Nacht. Sie feiern den Fall der Mauer. Sie feiern die Freiheit. Sie feiern das Leben. Es ist ein Tag, den sie nie vergessen werden. Es ist ein Tag, der in die Geschichte eingehen wird.

Und Konrad weiß, dass er Teil dieser Geschichte ist. Er weiß, dass er Teil dieses Moments ist. Er weiß, dass er Teil dieses Wunders ist. Und er ist dankbar. Er ist dankbar für die Freiheit. Er ist dankbar für die Liebe. Er ist dankbar für das Leben.

1. Besonderer – Special
2. Brüder – Brothers
3. Dankbar – Grateful
4. Einheit – Unity
5. Erhoffen – Hope for
6. Fest – Festival
7. Freude – Joy
8. Getrennt – Separated
9. Glücklich – Happy
10. Herz – Heart
11. Jubeln – Cheer
12. Küssen – Kiss
13. Lachen – Laugh
14. Moment – Moment
15. Reden – Speeches
16. Schritt – Step
17. Sterne – Stars
18. Tore – Gates
19. Traurig – Sad
20. Umarmen – Hug

9. Abschied von Berlin

Berlin hat sich verändert. Die Mauer ist gefallen. Die Menschen sind glücklich. Sie feiern. Sie lachen. Sie singen. Sie tanzen. Die Stadt ist voller Leben. Konrad steht da und schaut sich alles an. Er fühlt sich glücklich. Er fühlt sich frei.

"Was für ein Tag!", denkt er. "Was für eine Veränderung! Ich bin so froh, dass ich hier war. Ich bin so froh, dass ich Teil dieses Moments war."

Konrad hat viele Freunde in Berlin gefunden. Er hat mit ihnen gelacht. Er hat mit ihnen geweint. Er hat mit ihnen geträumt. Er hat mit ihnen gehofft. Jetzt ist es Zeit für ihn, Abschied zu nehmen.

Er geht zuerst zu Anna. Anna ist aus Ost-Berlin. Sie hat Konrad viel über die Mauer erzählt. Sie hat ihm von ihrem Leben erzählt. Sie hat ihm von ihren Träumen erzählt. Konrad umarmt sie. Er sagt: "Danke, Anna. Danke für alles."

Anna lächelt. Sie sagt: "Nein, danke dir, Konrad. Danke, dass du hier warst. Danke, dass du uns geholfen hast."

Konrad nickt. Er versteht. Er spürt die Verbindung. Er spürt die Freundschaft. Er spürt die Liebe.

Dann geht er zu Peter. Peter ist aus West-Berlin. Er hat Konrad die Stadt gezeigt. Er hat ihn zu den besten Orten geführt. Er hat ihm die besten Geschichten erzählt. Konrad schüttelt seine Hand. Er sagt: "Danke, Peter. Es war eine tolle Zeit."

Peter lacht. Er sagt: "Ja, es war wirklich toll. Und ich hoffe, wir sehen uns wieder."

Konrad nickt. Er hofft es auch. Er weiß, dass er immer Freunde in Berlin haben wird. Er weiß, dass er immer willkommen sein wird.

Nachdem er sich von allen verabschiedet hat, geht Konrad zu seiner Zeitmaschine. Er schaut sie an. Er denkt an seine Reisen. Er denkt an das alte Rom. Er denkt an das Jahr 2084. Er denkt an Berlin. Er lächelt. Er weiß, dass er viele Abenteuer erlebt hat. Er weiß, dass er viele Freunde gefunden hat. Er weiß, dass er viele Erinnerungen hat.

Er steigt in die Zeitmaschine. Er setzt sich hin. Er atmet tief ein. Er schließt die Augen. Er denkt an die Zukunft. Er denkt an das nächste Abenteuer. Er freut sich darauf.

Die Zeitmaschine startet. Sie bewegt sich. Sie reist durch die Zeit. Konrad fühlt sich aufgeregt. Er weiß nicht, wohin er als nächstes gehen wird. Aber er weiß, dass es großartig sein wird. Er weiß, dass es ein weiteres Abenteuer sein wird.

Nach einer Weile öffnet Konrad die Augen. Er schaut sich um. Er ist wieder zu Hause. Er ist wieder in seiner Zeit. Er fühlt sich glücklich. Er fühlt sich zufrieden.

Er steigt aus der Zeitmaschine. Er geht zu seinem Haus. Er setzt sich in einen Stuhl. Er denkt nach. Er denkt an seine Reisen. Er denkt an seine Freunde. Er denkt an seine Erlebnisse.

"Dank dir, Zeitmaschine", sagt er leise. "Dank dir für all die Abenteuer. Dank dir für all die Erinnerungen. Dank dir für all die Freunde."

Konrad schließt die Augen. Er träumt. Er träumt von neuen Abenteuern. Er träumt von neuen Freunden. Er träumt von neuen Erlebnissen.

Und er weiß, dass er bald wieder reisen wird. Er weiß, dass er bald wieder neue Orte sehen wird. Er weiß, dass er bald wieder neue Geschichten hören wird.

Und er freut sich darauf. Er kann es kaum erwarten. Denn er weiß, dass das Leben voller Abenteuer ist. Und er will sie alle erleben.

1. Abenteuer – Adventures
2. Abschied – Farewell
3. Atmet – Breathes
4. Bewegt – Moves
5. Erlebnisse – Experiences

6. Erzählt – Told
7. Frei – Free
8. Freude – Joy
9. Freundschaft – Friendship
10. Gefallen – Fallen
11. Gelacht – Laughed
12. Geträumt – Dreamed
13. Glücklich – Happy
14. Hoffnung – Hope
15. Lächelt – Smiles
16. Lebendig – Alive
17. Mauer – Wall
18. Spürt – Feels
19. Verabschiedet – Said goodbye
20. Verbindung – Connection

Ans Ende der Zeit

1. Eine unbekannte Zukunft

Es war ein sonniger Tag. Professor Konrad Haas stand in seinem Labor und blickte auf seine Zeitmaschine. Die Maschine war groß und glänzend. Sie hatte viele Knöpfe und Lichter. Konrad war sehr stolz auf seine Maschine. Schon dreimal war er mit ihr gereist. Jedes Mal war es ein Abenteuer gewesen.

Heute war ein besonderer Tag. Konrad wollte wieder reisen. Aber dieses Mal wollte er sehr weit reisen. Er wollte die ferne Zukunft sehen. Er war neugierig. Was ist in der Zukunft passiert? Wie leben die Menschen? Gibt es noch Menschen?

Mit einem Lächeln drückte Konrad den Startknopf. Die Maschine begann zu summen. Lichter blinkten. Konrad fühlte sich leicht und schwindlig. Es war, als ob er durch Zeit und Raum flog.

Nach einer Weile stoppte die Maschine. Konrad öffnete die Tür und trat heraus. Er war überrascht. Die Erde sah anders aus. Es war sehr heiß und trocken. Alles war sandig und wüstenartig. Der Himmel war rot und die Sonne sehr groß.

Konrad schaute sich um. Er sah keine Menschen. Aber er sah riesige Maschinen. Die Maschinen waren überall. Sie waren groß und schwarz. Sie sahen aus wie Wächter. In der Mitte der Maschinen waren Glasbehälter. In den Glasbehältern waren Gehirne. Die Gehirne waren lebendig. Sie bewegten sich und blinkten.

Konrad war verwirrt. "Was ist hier passiert?" dachte er. "Wo sind die Menschen? Warum gibt es nur Gehirne?"

Er ging zu einer der Maschinen. Vorsichtig berührte er das Glas. Das Gehirn im Glas bewegte sich. Es blinkte schneller. Konrad hörte eine Stimme in seinem Kopf. Es war die Stimme des Gehirns.

"Willkommen, Konrad Haas", sagte die Stimme. "Willkommen in der Zukunft."

Konrad war überrascht. "Wer bist du?" fragte er.

"Ich bin Elara", antwortete das Gehirn. "Ich bin eines der letzten menschlichen Gehirne."

Konrad war schockiert. "Was ist mit den Menschen passiert?" fragte er.

Elara antwortete: "Die Menschen gibt es nicht mehr. Nur wir Gehirne existieren noch. Die Maschinen schützen und versorgen uns."

Konrad sah traurig aus. "Aber warum?" fragte er.

Elara erklärte: "Die Erde wurde zu heiß. Die Sonne wurde größer. Es gab kein Wasser und keine Pflanzen mehr. Die Menschen konnten nicht überleben. Aber wir Gehirne können es. Die Maschinen helfen uns."

Konrad schaute sich die Maschinen und die Gehirne an. Er dachte nach. Er hatte viele Fragen. Er wollte mehr wissen. Es war ein neues Abenteuer. Ein Abenteuer in der unbekannten Zukunft.

1. Abenteuer – Adventure
2. Behälter – Containers
3. Blinkten – Flashed
4. Drückte – Pressed
5. Erde – Earth
6. Existieren – Exist
7. Ferne – Distant
8. Fliegen – Flying
9. Gehirne – Brains
10. Glas – Glass
11. Knöpfe – Buttons
12. Lebendig – Alive
13. Lichter – Lights
14. Maschinen – Machines
15. Neugierig – Curious
16. Pflanzen – Plants
17. Sandig – Sandy
18. Schützen – Protect
19. Summen – Hum

2. Das Gespräch mit dem Gehirn

Konrad stand vor der großen Maschine und schaute das blinkende Gehirn Elara an. Es war sehr seltsam für ihn, mit einem Gehirn zu sprechen. Aber er wollte es versuchen.

"Hallo, Elara", sagte Konrad.

Das Gehirn blinkte schneller. Eine sanfte, weibliche Stimme antwortete: "Hallo, Konrad. Ich bin Elara. Es ist schön, mit dir zu sprechen."

Konrad war überrascht. "Es ist auch schön, mit dir zu sprechen, Elara. Erzähle mir von deiner Welt."

Elara sagte: "Meine Welt ist sehr schön. Es gibt viele Bäume, Blumen und Tiere. Der Himmel ist blau und es gibt immer Sonnenschein. Ich spiele mit meinen Freunden, ich lache und singe. Es ist eine Fantasiewelt, aber für mich ist es echt."

Konrad hörte aufmerksam zu. "Es klingt wunderbar, Elara. Aber warum bist du nur ein Gehirn? Warum lebst du nicht in der echten Welt?"

Elara antwortete traurig: "Die echte Welt existiert nicht mehr für mich. Die Erde ist zu heiß. Es gibt kein Wasser und keine Pflanzen. Wir Gehirne sind die letzten Überlebenden. Die Maschinen beschützen uns."

Konrad dachte nach. "Aber es gibt ein Problem mit der Sonne, nicht wahr?"

Elara sagte: "Ja, das stimmt. Die Sonne wird immer größer. Sie wird bald die Erde verbrennen. Wir Gehirne haben Angst. Wir wissen nicht, was wir tun sollen."

Konrad war besorgt. "Das ist ein großes Problem. Aber vielleicht kann ich helfen."

Elara klang hoffnungsvoll. "Wirklich, Konrad? Kannst du uns helfen?"

Konrad antwortete: "Ich werde mein Bestes tun. Ich habe eine Zeitmaschine. Vielleicht kann ich eine Lösung finden."

Elara sagte: "Das wäre wunderbar, Konrad. Wir brauchen deine Hilfe. Die Zeit ist knapp."

Konrad nickte. "Ich verstehe. Ich werde sofort anfangen. Aber zuerst muss ich mehr über die Sonne und die Maschinen lernen."

Elara sagte: "Der Wächter kann dir helfen. Er kennt alles über unsere Welt."

Konrad lächelte. "Dann werde ich mit dem Wächter sprechen. Und ich werde alles tun, um zu helfen."

Elara blinkte wieder. "Danke, Konrad. Wir sind dir sehr dankbar."

1. Bäume – Trees
2. Beschützen – Protect
3. Blumen – Flowers
4. Blinkte – Flashed
5. Dankbar – Grateful
6. Echt – Real
7. Erde – Earth
8. Fantasiewelt – Fantasy world
9. Gehirn – Brain
10. Himmel – Sky
11. Knapp – Scarce
12. Lösung – Solution
13. Maschinen – Machines
14. Sanfte – Gentle
15. Sonnenschein – Sunshine
16. Sprechen – Speak
17. Stimme – Voice
18. Überlebenden – Survivors
19. Verbrennen – Burn
20. Wasser – Water

3. Die Sonnenflucht

Die Erde war heiß und die Sonne brannte. Konrad wusste, dass er schnell handeln musste. Die Gehirne waren in Gefahr und er wollte helfen.

"Es muss einen Ort geben, der sicher ist", dachte er.

Er begann, die Gegend zu erkunden. Bald entdeckte er einen großen Eingang zu einer Höhle. "Das könnte ein sicherer Ort sein", dachte er.

Aber es war nicht einfach. Vor dem Eingang standen große Maschinenwächter. Sie bewegten sich nicht, aber Konrad wusste, dass sie gefährlich waren. Er hatte von Elara gehört, dass einige Maschinen defekt waren und Menschen angriffen.

"Was soll ich tun?", fragte sich Konrad. Er hatte eine Idee. Er nahm einen großen Stein und warf ihn weit weg von der Höhle. Der Lärm des Steins lenkte die Maschinenwächter ab. Sie bewegten sich in die Richtung des Geräusches.

Jetzt war Konrads Chance. Er rannte so schnell er konnte in die Höhle. Er hörte die Maschinenwächter hinter ihm, aber er lief weiter und weiter, bis er tief in der Höhle war.

Endlich fühlte er sich sicher. Er atmete tief durch und sah sich um. Die Höhle war groß und dunkel. Aber es war kühl und das war gut.

"Aber was mache ich jetzt?", dachte Konrad. "Ich muss einen Weg finden, um die Gehirne hierher zu bringen."

Er ging tiefer in die Höhle und entdeckte viele Tunnel. Einige führten nach oben und andere nach unten. Konrad wählte einen Tunnel und ging hinein.

Der Tunnel war eng und es war schwer zu atmen. Aber Konrad ging weiter. Bald kam er in eine große Kammer. Es war ein wunderbarer Ort. Es gab Wasser und Pflanzen. Es war wie ein kleines Paradies.

"Aha!", rief Konrad. "Das ist der perfekte Ort für die Gehirne!"

Aber dann hörte er ein Geräusch. Es kam aus der Dunkelheit. Es war ein tiefes, brummendes Geräusch. Konrad hatte Angst.

"Was ist das?", flüsterte er. Er schaltete seine Taschenlampe ein und leuchtete in die Dunkelheit.

Da sah er es. Es war eine riesige Maschine. Sie war defekt und funkelte gefährlich.

Konrad wusste, dass er vorsichtig sein musste. Die Maschine war gefährlich und er wollte nicht verletzt werden.

Er dachte nach und hatte eine Idee. Er nahm einen weiteren Stein und warf ihn in die entgegengesetzte Richtung. Die Maschine folgte dem Geräusch und Konrad nutzte die Chance, um aus der Kammer zu fliehen.

Er rannte zurück durch den Tunnel und kam wieder in die große Höhle. Er war sicher, aber er wusste, dass er einen Plan brauchte.

"Ich muss die Gehirne hierher bringen", dachte er. "Aber wie?"

1. Atmete – Breathed
2. Brannte – Burned
3. Defekt – Defective
4. Dunkelheit – Darkness
5. Eingang – Entrance
6. Entdeckte – Discovered
7. Erkunden – Explore
8. Fliehen – Flee
9. Gefahr – Danger
10. Geräusch – Noise
11. Höhle – Cave
12. Kammer – Chamber
13. Lärm – Noise
14. Maschinenwächter – Machine guards
15. Paradies – Paradise
16. Pflanzen – Plants
17. Richtung – Direction
18. Sicher – Safe

19. Taschenlampe – Flashlight
20. Tunnel – Tunnel

4. Die alte Technologie

In der Höhle entdeckte Konrad einen Raum. Der Raum war groß und voller alter Maschinen und Technologien. Es sah aus wie ein altes Labor oder eine Werkstatt.

Konrad war neugierig. Er schaute sich um. Er sah Computer, Werkzeuge und viele Kisten. In einer Ecke fand er einen großen Tisch. Auf dem Tisch lagen viele Papiere und Pläne.

Er nahm einen Plan und schaute ihn an. Der Plan zeigte eine riesige Maschine. Es war eine Sonnenschutzmaschine! Die Maschine konnte die Erde vor der heißen Sonne schützen.

Konrad war begeistert. "Das ist es!", rief er. "Das ist die Lösung!"

Aber es gab ein Problem. Um die Maschine zu bauen, brauchte er viele Teile. Und einige Teile fehlten.

Konrad machte eine Liste. Er schrieb alle Teile auf, die er brauchte. Dann begann er mit seiner Suche.

Er schaute in den Kisten. Er fand einige Teile, aber nicht alle. Er schaute unter dem Tisch. Nichts. Er schaute in den Schränken. Auch nichts.

Konrad war traurig. "Wo sind die Teile?", fragte er sich.

Plötzlich hörte er ein Geräusch. Es war das Geräusch von Maschinen. Konrad war vorsichtig. Er erinnerte sich an die defekten Maschinenwächter.

Er schlich sich zum Eingang der Höhle. Er sah nach draußen. Und da sah er sie. Viele defekte Maschinenwächter kamen in seine Richtung.

Konrad hatte Angst. Er wusste, dass die Maschinen gefährlich waren. Aber er hatte auch eine Idee.

Die Maschinenwächter waren alt. Vielleicht hatten sie die Teile, die er brauchte!

Konrad machte einen Plan. Er nahm einige Werkzeuge und ging zu den Maschinenwächtern.

"Hallo!", rief er. "Ich brauche eure Hilfe!"

Die Maschinenwächter hörten ihn. Sie blieben stehen und schauten ihn an.

Konrad zeigte ihnen die Pläne. "Ich möchte diese Maschine bauen", sagte er. "Aber ich brauche Teile. Könnt ihr mir helfen?"

Die Maschinenwächter waren still. Dann bewegte sich einer von ihnen. Er ging zu Konrad und gab ihm ein Teil.

Konrad war glücklich. "Danke!", sagte er.

Aber dann passierte etwas. Eine andere Maschine kam näher. Sie war groß und gefährlich. Sie wollte Konrad angreifen.

Konrad hatte Angst. Er rannte weg. Aber die Maschine folgte ihm.

Er rannte und rannte. Er suchte einen sicheren Ort. Schließlich fand er einen kleinen Raum. Er versteckte sich dort.

Die Maschine suchte ihn. Aber sie fand ihn nicht. Nach einer Weile ging sie weg.

Konrad atmete tief durch. Er war sicher. Aber er wusste, dass er vorsichtig sein musste.

Er ging zurück zu den Maschinenwächtern. Er sammelte alle Teile, die er brauchte. Dann ging er zurück zum Labor.

Er begann, die Sonnenschutzmaschine zu bauen. Es war viel Arbeit, aber er war entschlossen.

Stunde um Stunde arbeitete er. Und schließlich war die Maschine fertig.

Konrad war müde, aber glücklich. Er hatte es geschafft. Jetzt konnte er die Erde retten!

1. Angreifen – Attack
2. Atmete – Breathed
3. Begeistert – Excited
4. Defekt – Defective
5. Ecke – Corner
6. Entdeckte – Discovered
7. Geräusch – Noise
8. Kisten – Boxes
9. Labor – Laboratory
10. Liste – List
11. Maschinen – Machines
12. Neugierig – Curious
13. Pläne – Plans
14. Raum – Room
15. Riesige – Huge
16. Schlich – Sneaked
17. Sonnenschutzmaschine – Sun protection machine
18. Suchen – Search
19. Technologien – Technologies
20. Werkzeuge – Tools

5. Der Verrat der Maschinen

Konrad war stolz auf seine Maschine. Er wollte die Erde retten. Aber nicht alle waren glücklich.

Während Konrad an der Maschine arbeitete, sahen ihn einige Maschinenwächter. Sie waren nicht wie die anderen. Sie waren größer und stärker.

Die Maschinenwächter sprachen miteinander. "Was macht er?", fragte einer. "Er baut eine Maschine", antwortete der andere. "Wir müssen ihn stoppen!"

Die Maschinenwächter glaubten, dass Konrad die Gehirne gefährdete. Sie wollten die Gehirne beschützen. Sie wollten Konrad stoppen.

Konrad hörte ihre Stimmen. Er hatte Angst. Er wusste, dass die Maschinenwächter gefährlich waren. Aber er wollte nicht aufgeben.

Er schaute sich um. Er suchte einen Ausweg. Er sah eine Tür. Er rannte zur Tür und öffnete sie. Er ging hinein und versteckte sich.

Die Maschinenwächter kamen näher. Sie suchten nach Konrad. Sie gingen von Raum zu Raum. Aber sie fanden ihn nicht.

Konrad atmete tief durch. Er war sicher. Aber er wusste, dass er nicht lange hier bleiben konnte.

Er dachte nach. Er brauchte einen Plan. Er konnte nicht gegen die Maschinenwächter kämpfen. Sie waren zu stark.

Plötzlich hatte er eine Idee. Er erinnerte sich an Elara. Das Gehirn, mit dem er gesprochen hatte. Vielleicht konnte Elara ihm helfen!

Konrad schlich sich aus dem Raum. Er ging vorsichtig. Er wollte nicht entdeckt werden. Er suchte nach Elara.

Nach einer Weile fand er sie. Elara war in einer großen Maschine. Sie sah Konrad.

"Konrad!", rief sie. "Was ist passiert?"

Konrad erzählte ihr alles. Von der Sonnenschutzmaschine und den Maschinenwächtern.

Elara war besorgt. "Wir müssen etwas tun", sagte sie.

Konrad nickte. "Ja, aber was?", fragte er.

Elara dachte nach. Dann sagte sie: "Wir brauchen Hilfe. Es gibt andere Gehirne. Sie können uns helfen!"

Konrad war überrascht. "Andere Gehirne?", fragte er.

Elara nickte. "Ja, es gibt viele von uns. Aber nicht alle wollen helfen. Einige sind zufrieden in ihren Fantasiewelten. Aber andere wollen frei sein. Sie wollen die Erde retten!"

Konrad war begeistert. "Wo sind sie?", fragte er.

Elara zeigte auf eine Karte. "Hier", sagte sie. "In diesen Maschinen."

Konrad schaute auf die Karte. Es gab viele Maschinen. Er wusste, dass es nicht einfach sein würde. Aber er war bereit.

Er verabschiedete sich von Elara. "Danke", sagte er. "Ich werde zurückkommen. Mit Hilfe!"

Elara lächelte. "Ich weiß", sagte sie. "Viel Glück, Konrad!"

Konrad ging los. Er suchte nach den anderen Gehirnen. Er wusste, dass er nicht alleine war. Er hatte Hoffnung.

Stunde um Stunde suchte er. Er sprach mit vielen Gehirnen. Einige wollten nicht helfen. Aber andere wollten. Sie wollten die Erde retten!

Konrad war glücklich. Er hatte Freunde gefunden. Zusammen würden sie die Maschinenwächter stoppen. Sie würden die Erde retten!

Aber die Zeit lief. Die Sonne wurde immer heißer. Konrad wusste, dass er schnell handeln musste. Er musste einen Plan finden.

Er dachte nach. Er sprach mit den Gehirnen. Sie machten einen Plan.

Der Plan war einfach. Die Gehirne würden die Maschinenwächter ablenken. Konrad würde die Sonnenschutzmaschine starten.

Es war gefährlich. Aber sie hatten keine andere Wahl. Sie mussten es versuchen.

Konrad war bereit. Er wusste, dass es nicht einfach sein würde. Aber er war nicht alleine. Er hatte Freunde. Zusammen würden sie es schaffen!

1. Ablenken – Distract
2. Ausweg – Way out
3. Besorgt – Worried

4.   Entdeckt – Discovered
5.   Fantasiewelten – Fantasy worlds
6.   Gefährdete – Endangered
7.   Gehirne – Brains
8.   Handeln – Act
9.   Hoffnung – Hope
10. Karte – Map
11. Maschinenwächter – Machine guards
12. Plan – Plan
13. Rettet – Saves
14. Schlich – Crept
15. Sonnenschutzmaschine – Sun protection machine
16. Stärker – Stronger
17. Überlebenden – Survivors
18. Verrat – Betrayal
19. Versteckte – Hid
20. Zufrieden – Satisfied

6. Das Netzwerk der Gehirne

Konrad war erstaunt. Elara hatte ihm mit Hilfe einer Maschine eine Art Helm aufgesetzt. Plötzlich hörte er viele Stimmen in seinem Kopf. Es waren die Stimmen anderer Gehirne. Er war jetzt mit einem großen Netzwerk verbunden.

"Willkommen, Konrad," sagte eine Stimme.

"Danke," antwortete Konrad. "Das ist unglaublich!"

"Wir sind viele," sagte eine andere Stimme. "Zusammen sind wir stark."

Konrad fühlte sich nicht allein. Er war jetzt Teil einer großen Gemeinschaft.

Elara erklärte: "Wir können Maschinen steuern. Wir können dir helfen."

Konrad nickte. "Wir müssen einen Weg finden, die Sonne zu stoppen," sagte er.

Die Gehirne dachten nach. Viele Ideen kamen. Einige waren gut, andere nicht.

"Durch unsere Technologie können wir die Sonne kühlen," sagte ein Gehirn.

"Eine Art Sonnenschild," fügte ein anderes hinzu.

Konrad war begeistert. "Das klingt gut! Aber wie machen wir das?"

Die Gehirne erklärten ihm den Plan. Sie würden große Maschinen bauen. Diese Maschinen würden einen Schild um die Sonne bilden. Es würde die Hitze ablenken und die Erde schützen.

Aber es war nicht einfach. Sie brauchten viele Materialien und Energie. Und sie hatten nicht viel Zeit.

"Wir müssen schnell arbeiten," sagte Konrad.

Die Gehirne stimmten zu. "Wir werden dir helfen," sagten sie.

Konrad fühlte sich besser. Er hatte Hoffnung.

Die Arbeit begann. Überall auf der Erde bewegten sich Maschinen. Sie sammelten Materialien. Sie bauten große Strukturen. Konrad und die Gehirne arbeiteten Tag und Nacht.

Es war schwer. Es gab viele Probleme. Aber sie gaben nicht auf. Sie wollten die Erde retten.

Tage wurden zu Wochen. Wochen wurden zu Monaten. Schließlich war der Sonnenschild fertig.

"Wir haben es geschafft!" rief Konrad.

1. Ablenken – Distract
2. Arbeiten – Work
3. Bauen – Build
4. Energie – Energy
5. Erklären – Explain
6. Erstaunt – Amazed
7. Fertig – Finished
8. Gehirne – Brains

9. Gemeinschaft – Community
10. Helm – Helmet
11. Hinzufügen – Add
12. Ideen – Ideas
13. Kühlen – Cool
14. Materialien – Materials
15. Netzwerk – Network
16. Probleme – Problems
17. Schutz – Protection
18. Sonnenschild – Sunshield
19. Steuern – Control
20. Strukturen – Structures

7. Der Sonnenstopp

In der großen Wüste, wo einst Städte und Leben waren, stand nun eine riesige Maschine. Es war die Maschine, die Konrad und die Gehirne gebaut hatten. Diese Maschine sollte die Sonne abkühlen und die Erde retten.

Konrad schaute die Maschine an. Er war stolz. "Wir haben es fast geschafft," sagte er.

Die Gehirne waren auch aufgeregt. "Ja, wir sind nah dran," antwortete Elara.

Aber es war nicht einfach. Die Maschine war komplex. Sie brauchten viele Teile. Einige Teile waren schwer zu finden. Und die Zeit war knapp.

Die Sonne wurde immer heißer. Die Erde wurde immer trockener. Konrad wusste, dass sie schnell handeln mussten.

Die Gehirne halfen Konrad. Sie kontrollierten andere Maschinen. Diese Maschinen suchten nach Teilen. Andere Maschinen bauten die riesige Maschine.

Aber es gab auch Probleme. Einige Maschinen waren kaputt. Sie arbeiteten nicht richtig. Andere Maschinen waren gefährlich. Sie wollten Konrad und die Gehirne stoppen.

Einmal war Konrad in Gefahr. Eine kaputte Maschine griff ihn an. Aber Elara und die anderen Gehirne halfen ihm. Sie steuerten andere Maschinen und retteten Konrad.

Tage und Nächte vergingen. Konrad und die Gehirne arbeiteten ohne Pause. Sie waren müde, aber sie gaben nicht auf.

Schließlich war es soweit. Die Maschine war fertig. Konrad stand vor einem großen Schalter. Er atmete tief durch. "Bereit?" fragte er.

Die Gehirne antworteten: "Ja, wir sind bereit."

Konrad drückte den Schalter. Die Maschine begann zu arbeiten. Sie machte ein lautes Geräusch. Der Himmel wurde dunkel. Dann wurde es kalt.

Die Maschine kühlte die Sonne ab. Die Hitze war weg. Die Erde war gerettet.

Konrad lächelte. Er war glücklich. "Wir haben es geschafft," sagte er.

Die Gehirne jubelten. "Ja, wir haben es geschafft," antwortete Elara.

Es war ein großer Moment. Die Erde war sicher. Die Gehirne konnten weiter in ihren Fantasiewelten leben.

Aber Konrad war nachdenklich. "Was passiert jetzt mit euch?" fragte er die Gehirne.

Elara antwortete: "Wir werden hier bleiben. Wir werden weiterleben. Aber wir sind dir dankbar. Ohne dich wären wir verloren."

Konrad nickte. Er verstand. Er war froh, dass er helfen konnte.

1. Abkühlen – Cool down
2. Aufgeregt – Excited
3. Bau(t)en – Built
4. Dunkel – Dark
5. Erde – Earth

6. Fantasiewelten – Fantasy worlds
7. Gefährlich – Dangerous
8. Gehirne – Brains
9. Gerettet – Saved
10. Jubelten – Cheered
11. Kaputt – Broken
12. Komplex – Complex
13. Kontrollierten – Controlled
14. Maschine – Machine
15. Nachdenklich – Thoughtful
16. Probleme – Problems
17. Riesige – Huge
18. Schalter – Switch
19. Teile – Parts
20. Trockener – Drier

8. Ein neuer Anfang

Konrad stand vor der riesigen Maschine, die er und die Gehirne gebaut hatten. Die Erde war jetzt kühl und sicher. Überall gab es wieder Leben. Bäume wuchsen und Blumen blühten. Die Luft war frisch und sauber.

Die Maschinen, die die Gehirne schützten, waren jetzt ruhig. Sie waren nicht mehr gefährlich. Konrad war froh darüber. Er wollte helfen, alles wieder in Ordnung zu bringen.

Elara sprach mit Konrad. "Danke, Konrad," sagte sie. "Ohne dich wäre alles verloren."

Konrad lächelte. "Es war eine Teamarbeit," antwortete er.

Konrad half den Gehirnen, die kaputten Maschinen zu reparieren. Er hatte viele Ideen. Und er hatte auch viel Wissen. Die Gehirne waren beeindruckt.

Einige Tage später kam Elara zu Konrad. Sie hatte eine wichtige Nachricht. "Wir haben entschieden," sagte sie, "wieder Körper zu bauen."

Konrad war überrascht. "Warum?" fragte er.

"Wir wollen wieder leben," antwortete Elara. "Wir wollen die Erde wieder sehen und fühlen. Wir wollen laufen, springen und tanzen."

Konrad verstand. "Das ist eine gute Idee," sagte er.

Die Gehirne begannen, Körper zu bauen. Es war eine schwierige Aufgabe. Aber mit Konrads Hilfe schafften sie es. Bald hatten alle Gehirne wieder Körper. Sie sahen aus wie Menschen. Aber sie waren anders. Sie waren stärker und klüger.

Konrad war beeindruckt. Er sah die Gehirne in ihren neuen Körpern. Sie waren glücklich. Sie lachten und spielten. Sie genossen das Leben.

Elara kam zu Konrad. Sie sah anders aus, aber er erkannte sie sofort. "Hallo, Konrad," sagte sie. "Wie gefalle ich dir?"

Konrad lächelte. "Du siehst toll aus," antwortete er.

Elara lachte. "Danke," sagte sie. "Wir sind dir so dankbar. Ohne dich wären wir verloren."

Die Gehirne wollten Konrad etwas geben. Sie hatten eine Überraschung für ihn. "Konrad," sagte Elara, "wir haben eine Frage. Willst du in der Zukunft bleiben? Oder willst du zurückkehren?"

Konrad dachte nach. Er sah die Gehirne in ihren neuen Körpern. Er sah die schöne Erde. Er fühlte sich hier wohl. Aber er dachte auch an seine Zeit. Er dachte an seine Familie und Freunde.

"Es ist schwer," sagte Konrad. "Ich liebe es hier. Aber ich habe auch ein Zuhause."

Elara verstand. "Es ist deine Entscheidung," sagte sie. "Was auch immer du entscheidest, wir werden dich immer lieben."

Konrad nickte. "Danke," sagte er. "Ich werde darüber nachdenken."

Die Tage vergingen. Konrad half den Gehirnen. Er reparierte Maschinen. Er baute Häuser. Er pflanzte Bäume. Er genoss das Leben in der Zukunft.

Aber er dachte auch an seine Zeit. Er vermisste seine Familie und Freunde. Er vermisste sein Zuhause.

Eines Tages stand Konrad vor seiner Zeitmaschine. Er schaute sie an. Er dachte nach. Sollte er bleiben? Oder sollte er zurückkehren?

1. Anfang – beginning
2. Bäume – trees
3. Blumen – flowers
4. Dankbar – grateful
5. Entscheidung – decision
6. Erde – earth
7. Familie – family
8. Freunde – friends
9. Gefahr – danger
10. Gehirne – brains
11. Genießen – to enjoy
12. Himmel – sky
13. Idee – idea
14. Körper – bodies
15. Leben – life
16. Luft – air
17. Maschine – machine
18. Nachricht – message
19. Pflanzen – plants
20. Sonne – sun

9. Die Rückkehr

Konrad stand lange vor seiner Zeitmaschine. Er dachte über alles nach, was er in der Zukunft erlebt hatte. Die Maschinen, die Gehirne, die Körper und die neue Erde. Es war alles so anders. Aber es war auch schön.

Elara kam zu ihm. "Konrad," sagte sie, "hast du eine Entscheidung getroffen?"

Konrad nickte. "Ja," antwortete er. "Ich habe entschieden."

Elara schaute ihn an. "Und?" fragte sie.

Konrad atmete tief ein. "Ich werde zurückkehren," sagte er. "Ich muss zu meiner Familie und meinen Freunden. Ich vermisse sie."

Elara war traurig, aber sie verstand. "Wir werden dich vermissen," sagte sie. "Aber wir sind dir dankbar. Du hast uns geholfen. Du hast die Erde gerettet."

Konrad lächelte. "Es war eine Teamarbeit," sagte er. "Ich werde euch nie vergessen."

Elara umarmte Konrad. "Pass auf dich auf," sagte sie. "Und komm uns besuchen."

Konrad nickte. "Das werde ich," versprach er.

Die anderen Gehirne kamen auch, um sich von Konrad zu verabschieden. Sie dankten ihm und wünschten ihm alles Gute. Konrad war gerührt. Er hatte in kurzer Zeit viele Freunde gefunden.

"Danke für alles," sagte Konrad. "Ihr seid wunderbar. Ich werde euch immer in meinem Herzen tragen."

Die Gehirne klatschten und jubelten. "Auf Wiedersehen, Konrad!" riefen sie.

Konrad stieg in seine Zeitmaschine. Er schaute sich noch einmal um. Er sah die schöne Erde, die Bäume, die Blumen und die Gehirne. Er fühlte sich ein bisschen traurig. Aber er wusste, dass er die richtige Entscheidung getroffen hatte.

Er startete die Zeitmaschine. Die Lichter blitzten und die Maschine begann zu vibrieren. Konrad hielt sich fest. Er fühlte sich, als würde er durch die Zeit fliegen.

Nach einiger Zeit hörte die Maschine auf zu vibrieren. Die Lichter wurden dunkler. Konrad öffnete die Tür. Er war zurück. Er war wieder in seiner Zeit.

Er stieg aus der Maschine und sah sich um. Alles war vertraut. Er sah die Bäume, die Häuser und die Menschen. Er hörte die Vögel singen und die Autos fahren. Er roch die frische Luft. Er fühlte sich glücklich.

Er ging nach Hause. Er öffnete die Tür und ging hinein. Alles war, wie er es verlassen hatte. Er setzte sich auf sein Sofa und atmete tief durch. Er dachte über seine Reise nach und lächelte.

Er wusste, dass er viele Abenteuer erlebt hatte. Aber er war froh, wieder zu Hause zu sein. Er freute sich darauf, seine Familie und Freunde wiederzusehen. Er freute sich auch auf sein nächstes Abenteuer.

Er schaute aus dem Fenster und sah die Sonne untergehen. Er fühlte sich dankbar und glücklich. Er wusste, dass er viele Geschichten zu erzählen hatte. Und er wusste auch, dass das Leben voller Überraschungen war.

Er stand auf und ging in die Küche. Er machte sich einen Tee und setzte sich wieder auf das Sofa. Er nahm ein Buch und begann zu lesen. Er war entspannt und zufrieden.

Die Tage vergingen und Konrad erzählte seinen Freunden und seiner Familie von seinen Abenteuern. Sie waren beeindruckt und neugierig. Sie stellten ihm viele Fragen und Konrad antwortete geduldig.

Er war glücklich. Er wusste, dass er das Richtige getan hatte. Er hatte die Zukunft gesehen und die Vergangenheit erlebt. Er hatte gelernt und gewachsen. Er war bereit für sein nächstes Abenteuer.

Und so endete Konrads Reise. Aber er wusste, dass es nur der Anfang war. Es gab noch so viel zu entdecken und zu lernen. Und er war bereit dafür.

1. Abenteuer – Adventure
2. Bäume – Trees
3. Blumen – Flowers
4. Entscheidung – Decision
5. Erde – Earth
6. Familie – Family
7. Fenster – Window
8. Freiheit – Freedom
9. Freunde – Friends

10. Gehirne – Brains
11. Geschichten – Stories
12. Glücklich – Happy
13. Himmel – Sky
14. Küche – Kitchen
15. Maschine – Machine
16. Reise – Journey
17. Sonne – Sun
18. Tee – Tea
19. Zukunft – Future
20. Überraschungen – Surprises

Gilgamesch

1. Die Reise beginnt

Es war ein sonniger Morgen. Professor Konrad Haas stand in seinem Labor und schaute auf seine Zeitmaschine. Er war aufgeregt. Heute wollte er ins alte Sumerien reisen.

"Alles ist bereit", dachte er. Er überprüfte die Maschine ein letztes Mal. Er wollte sicher sein, dass alles in Ordnung war. Konrad hatte schon viele Reisen mit seiner Zeitmaschine gemacht. Aber diese Reise war besonders. Er wollte Gilgamesch treffen, den berühmten König von Uruk.

Mit einem Lächeln auf seinem Gesicht startete Konrad die Zeitmaschine. Es gab ein lautes Geräusch und alles um ihn herum begann sich zu drehen. Die Zeitmaschine arbeitete. Konrad fühlte sich ein wenig schwindelig. Aber er war nicht ängstlich. Er war ein mutiger Professor.

Plötzlich wurde alles still. Die Maschine stoppte. Konrad öffnete die Tür der Maschine und trat hinaus. Er war nicht mehr in seinem Labor. Er war in einer alten Stadt. Die Sonne schien heiß, und der Sand war überall. Er wusste, er war in Uruk.

Konrad sah viele Menschen. Sie trugen alte Kleider und sprachen eine andere Sprache. Sie schauten ihn neugierig an. Konrad sagte "Hallo" in der Sprache von Sumerien. Die Menschen lachten und sagten auch "Hallo". Konrad war froh. Er hatte die Sprache gut gelernt.

Konrad ging durch die Straßen von Uruk. Er sah Häuser, Tempel und Märkte. Es war eine lebendige Stadt. Dann hörte er von einer großen Reise. Die Menschen sprachen über Gilgamesch. Konrad wurde aufgeregt. Er wollte Gilgamesch treffen und ihm bei seiner Reise helfen.

Er fragte die Menschen: "Wo ist Gilgamesch?" Die Menschen zeigten auf einen großen Palast. "Dort ist der Palast von Gilgamesch", sagten sie. Konrad bedankte sich und ging zum Palast. Er hoffte, Gilgamesch zu treffen.

1. Abenteuer – adventure
2. Alles – everything
3. Ängstlich – anxious
4. Aufgeregt – excited
5. Berühmt – famous
6. Drehen – to spin
7. Geräusch – noise
8. Häuser – houses
9. Himmel – sky
10. König – king
11. Lächeln – smile
12. Lebendig – lively
13. Märkte – markets
14. Mutig – brave
15. Neugierig – curious
16. Palast – palace
17. Reise – journey
18. Schwindelig – dizzy
19. Sonnig – sunny
20. Stadt – city

2. Das Treffen mit Gilgamesch

Konrad war in Uruk, der alten Stadt von Sumerien. Er war aufgeregt. Er wollte den großen König Gilgamesch treffen. Die Sonne war heiß und die Straßen waren voller Menschen. Überall gab es Lärm und Geschäftigkeit. Konrad fragte die Menschen nach dem Palast von Gilgamesch.

"Einfach geradeaus und dann rechts", sagte ein Mann und zeigte in eine Richtung. "Danke", antwortete Konrad und ging weiter. Er sah viele schöne Gebäude und Tempel. Aber er suchte den Palast von Gilgamesch.

Nach einer Weile sah er ein großes, schönes Gebäude. Es war der Palast! Konrad ging schnell dorthin. Am Eingang des Palastes standen zwei Wächter. Sie sahen stark und mutig aus. Konrad ging zu ihnen.

"Ich möchte Gilgamesch treffen", sagte Konrad. Die Wächter schauten ihn an. "Wer bist du?", fragten sie. Konrad antwortete: "Ich bin Professor Konrad Haas. Ich komme von weit her."

Die Wächter sprachen miteinander. Dann sagten sie: "Du kannst eintreten." Konrad war froh. Er ging in den Palast.

Im Palast gab es viele Räume und Hallen. Konrad hörte Musik und Gesang. Er folgte dem Klang und kam in einen großen Raum. Dort sah er einen Mann auf einem Thron sitzen. Es war Gilgamesch!

Konrad ging zu ihm. "Hallo, Gilgamesch", sagte er. "Ich bin Konrad. Ich komme aus der Zukunft."

Gilgamesch schaute Konrad überrascht an. "Aus der Zukunft?", fragte er. "Ja", antwortete Konrad. "Ich habe eine Zeitmaschine. Ich reise durch die Zeit."

Gilgamesch lächelte. "Das ist interessant", sagte er. "Erzähl mir mehr."

Konrad erzählte Gilgamesch von seinen Reisen und Abenteuern. Gilgamesch hörte aufmerksam zu. Er war neugierig und stellte viele Fragen.

Nach einer Weile sagte Gilgamesch: "Konrad, du bist ein besonderer Gast. Ich lade dich ein. Bleib hier im Palast. Wir können zusammen eine Reise planen."

Konrad war glücklich. "Danke, Gilgamesch", sagte er. "Ich freue mich sehr."

In den nächsten Tagen planten sie eine Reise. Sie sahen Karten an und sprachen mit anderen Menschen. Konrad erzählte Gilgamesch von den Orten, die er gesehen hatte. Gilgamesch erzählte Konrad von den Orten, die er besuchen wollte.

Die beiden wurden gute Freunde. Sie lachten und erzählten Geschichten. Sie träumten von großen Abenteuern.

Eines Tages sagte Gilgamesch: "Konrad, ich möchte einen besonderen Ort besuchen. Es ist ein geheimnisvoller Ort. Viele Menschen sprechen von ihm, aber niemand hat ihn gesehen."

Konrad war neugierig. "Wohin möchtest du reisen?", fragte er.

Gilgamesch lächelte. "Ich möchte den Garten der Götter finden", antwortete er.

Konrad war überrascht. "Der Garten der Götter?", fragte er. "Ja", sagte Gilgamesch. "Es ist ein Ort voller Magie und Schönheit. Ich möchte ihn sehen."

Konrad lächelte. "Dann lass uns dorthin reisen", sagte er.

Die beiden waren bereit für ein neues Abenteuer. Sie wollten den Garten der Götter finden.

1. Abenteuer – Adventure
2. Bäume – Trees
3. Blumen – Flowers
4. Eingang – Entrance
5. Erde – Earth
6. Gebäude – Building
7. Gehirne – Brains
8. Geräusch – Noise
9. Himmel – Sky
10. Körper – Bodies
11. Labor – Laboratory
12. Maschine – Machine
13. Palast – Palace
14. Reise – Journey
15. Sonne – Sun
16. Sprache – Language
17. Stadt – City
18. Tempel – Temple
19. Wächter – Guards
20. Zukunft – Future

3. Die Vorbereitung

Am nächsten Morgen war die Sonne hell und warm. Konrad und Gilgamesch standen vor dem Palast und schauten in den Himmel. "Ein guter Tag für eine Reise", sagte Gilgamesch.

"Ja, ein sehr guter Tag", antwortete Konrad. Beide waren aufgeregt.

Zuerst gingen sie zum Markt. Der Markt war groß und voller Menschen. Es gab viele Stände mit Essen, Trinken, Kleidung und Waffen. Konrad und Gilgamesch brauchten viele Dinge für ihre Reise.

Sie kauften Brot, Wasser, Fleisch und Früchte. Sie kauften auch Decken und Zelte. "Wir werden in der Wildnis schlafen", sagte Gilgamesch. "Wir müssen vorbereitet sein."

Konrad sah einige Waffen. "Brauchen wir diese?", fragte er. Gilgamesch nickte. "Ja, die Reise kann gefährlich sein. Es gibt wilde Tiere und andere Gefahren."

Sie kauften auch Schwerter und Pfeil und Bogen. Dann gingen sie weiter.

Während sie über den Markt gingen, hörten sie Geschichten von anderen Reisenden. Eine Geschichte war sehr interessant. Ein alter Mann sprach von einem geheimen Wald. In diesem Wald gab es einen besonderen Baum. Dieser Baum hatte magische Kräfte.

Konrad und Gilgamesch hörten aufmerksam zu. "Wir müssen diesen Baum finden", sagte Gilgamesch. "Er kann uns auf unserer Reise helfen."

Der alte Mann sagte: "Der Wald ist weit weg. Es ist nicht leicht, ihn zu finden. Viele Menschen haben es versucht, aber sie sind gescheitert."

Konrad sah Gilgamesch an. "Wir können es versuchen", sagte er. Gilgamesch lächelte. "Ja, wir werden es versuchen", antwortete er.

Am Abend gingen sie zurück zum Palast. Sie packten ihre Taschen und bereiteten sich auf die Reise vor. Sie sprachen über den Wald und den magischen Baum. Sie waren neugierig und aufgeregt.

In der Nacht schliefen sie nicht viel. Sie dachten an die Reise und träumten von Abenteuern.

Am nächsten Morgen stand die Sonne hoch am Himmel. Es war ein neuer Tag und ein neuer Anfang. Konrad und Gilgamesch standen vor dem Palast. Sie waren bereit.

"Die Reise beginnt", sagte Gilgamesch. Konrad nickte. "Ja, sie beginnt", antwortete er.

Sie verließen die Stadt und gingen in die Wildnis. Sie gingen durch Wälder und über Berge. Sie sahen viele Tiere und Pflanzen. Die Welt war schön und voller Wunder.

Aber die Reise war auch gefährlich. Es gab wilde Tiere und andere Gefahren. Aber Konrad und Gilgamesch waren mutig. Sie gingen weiter und suchten den geheimen Wald und den magischen Baum.

1. Abend – Evening
2. Abenteuer – Adventure
3. Anfang – Beginning
4. Baum – Tree
5. Berge – Mountains
6. Bogen – Bow
7. Brot – Bread
8. Decken – Blankets
9. Fleisch – Meat
10. Früchte – Fruits
11. Gefahren – Dangers
12. Himmel – Sky
13. Kräfte – Powers
14. Markt – Market
15. Nacht – Night
16. Palast – Palace
17. Pfeil – Arrow
18. Reise – Journey

4. Der geheimnisvolle Wald

Der Weg war lang und schwierig. Konrad und Gilgamesch reisten viele Tage und Nächte. Sie gingen durch große Wüsten, wo die Sonne sehr heiß war. Sie tranken viel Wasser und suchten Schatten unter den wenigen Bäumen.

Nach der Wüste kamen die Berge. Die Berge waren hoch und kalt. Manchmal war der Weg steil und gefährlich. Aber Konrad und Gilgamesch halfen sich gegenseitig. Sie waren ein gutes Team.

Eines Tages sahen sie den Wald. Er war groß und dunkel. "Das ist der geheimnisvolle Wald", sagte Gilgamesch. Konrad nickte. "Ja, das muss er sein", antwortete er.

Sie gingen in den Wald hinein. Es war kühl und still. Sie hörten die Vögel singen und das Wasser eines Baches plätschern. Aber sie hörten auch andere Geräusche. Es waren wilde Tiere.

Plötzlich sahen sie einen großen Tiger. Der Tiger sah sie an. Seine Augen waren gelb und wild. Konrad hatte Angst. "Was sollen wir tun?", fragte er.

Gilgamesch zog sein Schwert. Aber Konrad hatte eine andere Idee. Er nahm ein kleines Gerät aus seiner Tasche. Es war Technologie aus seiner Zeit. Er drückte einen Knopf und das Gerät machte ein Geräusch. Das Geräusch war laut und fremd.

Der Tiger hörte das Geräusch und lief weg. Konrad lächelte. "Meine Technologie hat uns geholfen", sagte er.

Gilgamesch war beeindruckt. "Das ist eine gute Technologie", sagte er.

Sie gingen weiter durch den Wald. Sie sahen viele Tiere: Vögel, Affen, Schlangen und andere. Manchmal nutzte Konrad seine Technologie, um ihnen zu helfen. Aber manchmal brauchten sie auch ihre Schwerter.

Nach vielen Stunden sahen sie den besonderen Baum. Er war groß und alt. Seine Blätter waren grün und glänzend. Seine Rinde war rau und stark. "Das ist der magische Baum", sagte Gilgamesch.

Konrad berührte den Baum. Er fühlte eine besondere Energie. "Dieser Baum ist wirklich magisch", sagte er.

Gilgamesch nickte. "Ja, ich kann es auch fühlen", sagte er.

Sie setzten sich unter den Baum und rasteten. Sie aßen und tranken. Sie sprachen über ihre Reise und ihre Abenteuer. Sie waren glücklich und zufrieden.

Aber sie fragten sich auch: Was ist das Geheimnis des Baumes? Was macht ihn so besonders? Sie wollten es herausfinden.

Konrad nahm wieder sein Gerät. Er untersuchte den Baum. Er suchte nach Anzeichen für seine Magie. Aber er fand nichts. "Ich verstehe es nicht", sagte er.

Gilgamesch lächelte. "Vielleicht ist die Magie nicht in der Technologie", sagte er. "Vielleicht ist sie in uns."

Konrad dachte darüber nach. Vielleicht hatte Gilgamesch recht. Vielleicht war die Magie in ihren Herzen und Seelen. Vielleicht war es die Magie der Freundschaft und des Abenteuers.

1. Abenteuer – Adventure
2. Affen – Monkeys
3. Bäche – Brooks
4. Baum – Tree
5. Berge – Mountains
6. Blätter – Leaves
7. Energie – Energy
8. Freundschaft – Friendship
9. Gerät – Device
10. Geräusch – Noise
11. Herzen – Hearts
12. Knopf – Button
13. Magie – Magic
14. Rinde – Bark

15. Schatten – Shadow
16. Schlangen – Snakes
17. Schwerter – Swords
18. Seelen – Souls
19. Technologie – Technology
20. Vögel – Birds

5. Der Baum der Weisheit

In der Stille des Waldes hörten Konrad und Gilgamesch plötzlich eine Stimme. Sie kam von dem großen Baum. "Wer seid ihr und warum seid ihr hier?", fragte die Stimme.

Konrad und Gilgamesch waren überrascht. "Der Baum kann sprechen!", sagte Konrad.

Gilgamesch nickte. "Ja, das ist der Baum der Weisheit", sagte er.

Konrad trat vor und sprach: "Ich bin Konrad und komme aus einer anderen Zeit. Und das ist Gilgamesch, der König von Uruk. Wir suchen Weisheit und Rat."

Der Baum antwortete: "Ich kenne euch beide. Ich kenne die Geschichte von Sumerien und die Zukunft, die noch kommen wird."

Konrad war neugierig. "Bitte, erzähl mir mehr über die Geschichte von Sumerien", bat er.

Der Baum begann zu erzählen: "Sumerien war das erste große Reich auf der Erde. Es gab viele Städte und viele Könige. Die Menschen bauten Tempel und schrieben auf Tafeln. Sie lernten, wie man Landwirtschaft betreibt und wie man Handel treibt."

Konrad hörte aufmerksam zu. Er wollte alles über diese alte Zivilisation lernen.

Währenddessen stellte Gilgamesch dem Baum Fragen über sein eigenes Schicksal. "Warum bin ich hier? Was ist meine Aufgabe?", fragte er.

Der Baum antwortete: "Du bist ein großer König und ein großer Held. Aber du musst auch lernen, weise zu sein. Du musst für dein Volk sorgen und für die Zukunft denken."

Gilgamesch dachte nach. Er wollte ein guter König sein. Er wollte Weisheit und Verständnis. "Danke, Baum der Weisheit", sagte er.

Die beiden Freunde verbrachten viele Stunden unter dem Baum. Sie sprachen und lernten. Sie fühlten sich glücklich und zufrieden.

Aber dann hörten sie wieder die Stimme des Baumes. Sie klang ernst und besorgt. "Ihr müsst gehen", sagte der Baum. "Es gibt Gefahr im Wald. Ihr müsst vorsichtig sein."

Konrad und Gilgamesch standen auf. "Was ist die Gefahr?", fragte Konrad.

Der Baum antwortete: "Es gibt wilde Tiere und böse Geister im Wald. Sie mögen keine Fremden. Sie werden versuchen, euch zu stoppen."

Gilgamesch zog sein Schwert. "Wir sind bereit", sagte er.

Konrad nickte. "Ja, wir sind stark und mutig", sagte er.

Aber der Baum warnte sie weiter: "Es ist nicht nur die körperliche Gefahr. Es gibt auch eine Gefahr für eure Herzen und Seelen. Ihr müsst zusammenhalten und euch gegenseitig helfen."

Konrad und Gilgamesch verstanden. Sie bedankten sich beim Baum und verließen den Wald. Sie waren bereit für das nächste Abenteuer.

1. Aufmerksamkeit - Attention
2. Bauern - Farmers
3. Ereignisse - Events
4. Fremden - Strangers
5. Gefahr - Danger
6. Geschichte - History
7. Herzen - Hearts
8. Könige - Kings

9. Landwirtschaft - Agriculture
10. Reich - Empire
11. Schicksal - Destiny
12. Seelen - Souls
13. Städte - Cities
14. Stille - Silence
15. Tafeln - Tablets (as in clay tablets for writing)
16. Tempel - Temples
17. Verständnis - Understanding
18. Weisheit - Wisdom
19. Zivilisation - Civilization
20. Zukunft - Future

6. Die Warnung

Als Konrad und Gilgamesch den Wald verließen, sahen sie einen alten Mann. Der alte Mann saß auf einem Stein und schaute in den Himmel.

"Guten Tag!", sagte Konrad und winkte dem alten Mann zu.

"Seid gegrüßt, Reisende", antwortete der alte Mann.

"Wir suchen Abenteuer und Weisheit", sagte Gilgamesch. "Könnt ihr uns helfen?"

Der alte Mann schaute sie beide an. "Ich kenne ein großes Abenteuer", sagte er. "Aber es ist auch sehr gefährlich."

Konrad und Gilgamesch waren neugierig. "Erzählt uns mehr", bat Konrad.

Der alte Mann begann zu erzählen: "Es gibt einen großen Berg in der Nähe. Auf diesem Berg gibt es einen magischen Stein. Dieser Stein hat große Macht und kann Wünsche erfüllen. Aber es gibt ein Problem."

"Was ist das Problem?", fragte Gilgamesch.

"Der Stein wird von einem großen Ungeheuer bewacht", sagte der alte Mann. "Viele haben versucht, den Stein zu holen, aber niemand hat es geschafft."

Konrad und Gilgamesch sahen sich an. Sie waren mutig und wollten den Stein finden. "Wir werden es versuchen", sagte Gilgamesch.

"Seid vorsichtig", warnte der alte Mann. "Das Ungeheuer ist sehr stark und sehr schlau."

Konrad nickte. "Danke für die Warnung", sagte er. "Wir werden aufpassen."

Der alte Mann zeigte ihnen den Weg zum Berg. "Viel Glück", sagte er.

Konrad und Gilgamesch dankten ihm und begannen ihre Reise. Sie gingen durch Wüsten und über Flüsse. Sie kletterten über Felsen und gingen durch dunkle Höhlen. Es war eine schwierige Reise, aber sie gaben nicht auf.

Endlich erreichten sie den großen Berg. Sie sahen den Gipfel und wussten, dass der Stein dort war.

"Wir sind fast da", sagte Konrad.

"Ja", sagte Gilgamesch. "Aber wir müssen vorsichtig sein."

Sie kletterten den Berg hinauf. Es war schwer und gefährlich. Aber sie halfen einander und gaben nicht auf.

Endlich erreichten sie den Gipfel. Sie sahen einen großen Stein, der in der Sonne glänzte. Aber sie sahen auch das Ungeheuer.

Das Ungeheuer war groß und furchterregend. Es hatte scharfe Zähne und große Krallen. Es sah Konrad und Gilgamesch an und knurrte.

Konrad und Gilgamesch zogen ihre Waffen. Sie waren bereit zu kämpfen.

Das Ungeheuer sprang auf sie zu. Es war ein harter Kampf. Aber Konrad und Gilgamesch waren mutig und schlau. Sie kämpften zusammen und besiegten das Ungeheuer.

Sie holten den magischen Stein und schauten ihn an. Er war wunderschön.

"Wir haben es geschafft", sagte Konrad.

"Ja", sagte Gilgamesch. "Aber wir dürfen den Stein nicht missbrauchen."

Konrad nickte. "Wir werden ihn mit Weisheit verwenden", sagte er.

Die beiden Freunde verließen den Berg und kehrten nach Uruk zurück. Sie hatten ein neues Abenteuer erlebt und waren stolz auf sich.

1. Abenteuer - Adventure
2. Bewacht - Guarded
3. Erfüllen - Fulfill
4. Felsen - Rocks
5. Flüsse - Rivers
6. Gipfel - Summit
7. Glänzte - Shone
8. Höhlen - Caves
9. Kletterten - Climbed
10. Krallen - Claws
11. Macht - Power
12. Magischen - Magical
13. Missbrauchen - Misuse
14. Reisende - Travelers
15. Schlau - Clever
16. Ungeheuer - Monster
17. Vorsichtig - Careful
18. Wüsten - Deserts
19. Zähne - Teeth
20. Zeigte - Showed

7. Die Macht des Steins

Konrad und Gilgamesch saßen zusammen und schauten den blauen Stein an. Der Stein war schön und leuchtete.

"Gilgamesch", sagte Konrad, "hast du dir schon einen Wunsch überlegt?"

Gilgamesch dachte nach. "Ich möchte, dass mein Volk weise wird. Ich möchte, dass sie glücklich und stark sind."

Konrad lächelte. "Das ist ein guter Wunsch", sagte er.

Gilgamesch hielt den Stein in seiner Hand und schloss die Augen. Er dachte an sein Volk, an die Kinder, die Männer und die Frauen. Er dachte an ihre Lachen und ihre Tränen. Er wünschte sich Weisheit für sie.

Als er die Augen öffnete, fühlte er etwas. Es war, als ob eine Welle von Wissen durch ihn hindurchging.

"Ich spüre es", sagte er. "Es ist passiert. Mein Volk wird jetzt weise sein."

Konrad war beeindruckt. "Das ist unglaublich", sagte er. "Jetzt bin ich an der Reihe."

Er dachte an seine Heimat, an seine Zeitmaschine und an seine Abenteuer. Er wünschte sich, sicher nach Hause zu kommen.

Als er den Stein losließ, fühlte er sich gut. "Ich weiß, dass ich sicher nach Hause kommen werde", sagte er.

Gilgamesch lächelte. "Wir haben große Macht mit diesem Stein", sagte er.

Aber dann wurde er ernst. "Wir müssen den Stein zurückgeben", sagte er.

Konrad war überrascht. "Warum?", fragte er.

Gilgamesch sah den Stein an. "Er gehört nicht uns", sagte er. "Wir haben ihn nur geliehen. Wir müssen ihn zurück an den Berg bringen."

Konrad dachte nach. "Aber er hat uns geholfen", sagte er.

Gilgamesch nickte. "Ja, aber wir können nicht immer mit Macht spielen. Wir müssen verantwortlich sein."

Konrad verstand. "Du hast recht", sagte er. "Wir geben den Stein zurück."

Die beiden Freunde machten sich auf den Weg zum Berg. Es war eine lange Reise, aber sie waren entschlossen.

Als sie am Berg ankamen, legten sie den Stein an den Ort, wo sie ihn gefunden hatten. Sie fühlten sich gut dabei.

"Es war das Richtige", sagte Konrad.

Gilgamesch nickte. "Ja, wir haben eine große Verantwortung. Aber wir haben sie gut gemacht."

Die beiden Freunde umarmten sich und schauten den Sonnenuntergang an. Sie wussten, dass sie noch viele Abenteuer vor sich hatten.

1. Abenteuer - Adventures
2. Augen - Eyes
3. Beeindruckt - Impressed
4. Entscheidungen - Decisions
5. Geliehen - Borrowed
6. Heimat - Homeland
7. Kinder - Children
8. Lachen - Laughter
9. Leuchtete - Glowed
10. Männer - Men
11. Macht - Power
12. Schließen - Close
13. Sonnenuntergang - Sunset
14. Spüre - Feel
15. Tränen - Tears
16. Überrascht - Surprised
17. Umarmten - Embraced
18. Verantwortlich - Responsible
19. Weise - Wise
20. Wissen - Knowledge

8. Die Rückgabe des Steins

Nachdem sie den Stein zurückgelegt hatten, hörten Konrad und Gilgamesch eine tiefe, alte Stimme. Es war der Baum der Weisheit. "Ihr habt gut gemacht", sagte der Baum. "Der Stein ist mächtig. Zu mächtig für Menschen."

Konrad und Gilgamesch schauten den Baum an. Sie hörten zu.

"Die Macht des Steins ist nicht für Menschen", sagte der Baum weiter. "Sie kann gefährlich sein. Sie kann das Gleichgewicht der Welt stören."

Konrad dachte an seinen Wunsch. Er wollte sicher nach Hause kommen. Aber jetzt war er unsicher. "Haben wir einen Fehler gemacht?", fragte er den Baum.

Der Baum antwortete: "Nein, ihr habt gut gemacht. Ihr habt den Stein zurückgegeben. Aber ihr müsst aufpassen. Ihr müsst seine Macht respektieren."

In diesem Moment kam eine schöne Frau aus dem Wald. Sie war groß und hatte lange, goldene Haare. Sie trug ein weißes Kleid und hatte strahlende blaue Augen. Sie sah aus wie eine Göttin.

"Ich bin die Hüterin des Steins", sagte sie. "Ich danke euch, dass ihr den Stein zurückgegeben habt."

Konrad und Gilgamesch verbeugten sich. "Es war unsere Pflicht", sagte Gilgamesch.

Die Göttin lächelte. "Ja, aber viele Menschen würden den Stein für sich behalten. Ihr habt Weisheit und Mut gezeigt."

Konrad war neugierig. "Warum kann der Stein nur für eine kurze Zeit benutzt werden?", fragte er.

Die Göttin antwortete: "Der Stein hat eine alte und mächtige Energie. Aber diese Energie muss im Gleichgewicht bleiben. Wenn der Stein zu lange benutzt wird, kann er das Gleichgewicht der Welt stören."

Gilgamesch verstand. "Wir müssen vorsichtig sein", sagte er.

Die Göttin nickte. "Ja, das müsst ihr. Aber jetzt habt ihr meinen Segen. Ihr habt gut gemacht."

Konrad und Gilgamesch fühlten sich gut. Sie hatten den Stein zurückgegeben und das Gleichgewicht der Welt gerettet.

"Ich danke euch", sagte die Göttin. "Ich werde immer auf den Stein aufpassen."

Die beiden Freunde lächelten. Sie wussten, dass sie das Richtige getan hatten.

Die Göttin ging zurück in den Wald und der Baum der Weisheit wurde wieder still. Konrad und Gilgamesch setzten sich und schauten den Sternenhimmel an.

"Es war ein großes Abenteuer", sagte Konrad.

Gilgamesch nickte. "Ja, es war. Und ich bin froh, dass ich es mit dir erlebt habe."

Die beiden Freunde lachten und genossen den Moment.

1. Abenteuer - Adventure
2. Aufpassen - To watch out
3. Behalten - To keep
4. Energie - Energy
5. Fehler - Mistake
6. Gleichgewicht - Balance
7. Göttin - Goddess
8. Hüterin - Keeper
9. Kleid - Dress
10. Macht - Power
11. Moment - Moment
12. Pflicht - Duty
13. Respektieren - To respect
14. Rückgabe - Return
15. Segen - Blessing
16. Sternenhimmel - Starry sky
17. Stören - To disturb
18. Verbeugen - To bow

9. Abschied von Gilgamesch

Die Sonne ging auf über Uruk. Es war ein neuer Tag und die Stadt war voller Leben. Menschen gingen zur Arbeit, Kinder spielten auf der Straße und überall hörte man Gespräche und Lachen.

In einem schönen Garten saßen Konrad und Gilgamesch. Sie hatten ein Festmahl vor sich. Es gab leckeres Essen: Brot, Obst, Fleisch und süße Kuchen. Sie tranken frisches Wasser und lachten viel.

"Ich werde unsere Abenteuer nie vergessen", sagte Gilgamesch. "Es war so spannend und gefährlich."

Konrad lächelte. "Ja, es war ein großes Abenteuer. Aber ich bin froh, dass wir es zusammen erlebt haben."

Die beiden Freunde erzählten sich ihre Geschichten. Sie sprachen über den Baum der Weisheit, das Ungeheuer und den magischen Stein. Es war eine gute Zeit.

Nach einer Weile stand Gilgamesch auf. "Ich habe ein Geschenk für dich", sagte er. Er gab Konrad eine kleine Tasche.

Konrad öffnete die Tasche und fand eine goldene Münze darin. "Das ist ein Zeichen meiner Dankbarkeit", sagte Gilgamesch. "Jedes Mal, wenn du diese Münze anschaust, wirst du an unsere Zeit zusammen denken."

Konrad war gerührt. "Danke, Gilgamesch", sagte er. "Das ist ein wertvolles Geschenk."

Dann nahm Konrad etwas aus seiner Tasche. "Ich habe auch ein Geschenk für dich", sagte er. Er gab Gilgamesch eine kleine Uhr. "Das ist eine Uhr aus meiner Zeit. Sie zeigt dir, wie spät es ist."

Gilgamesch schaute die Uhr an. "Das ist ein wunderbares Geschenk", sagte er. "Ich werde sie immer bei mir tragen."

Die beiden Freunde umarmten sich. Sie waren froh, dass sie sich getroffen hatten.

Aber Konrad fühlte sich auch ein wenig traurig. Er vermisste seine Zeit und seine Familie. Er dachte an sein Zuhause und an die Menschen, die er liebte.

"Ich muss gehen", sagte Konrad. "Ich muss in meine Zeit zurückkehren."

Gilgamesch nickte. "Ich verstehe", sagte er. "Aber ich werde dich vermissen."

Konrad lächelte. "Ich werde dich auch vermissen", sagte er. "Aber ich werde immer an unsere Zeit zusammen denken."

Die beiden Freunde umarmten sich zum Abschied. Es war ein trauriger Moment, aber sie wussten, dass sie sich immer in Erinnerung behalten würden.

Konrad ging zu seiner Zeitmaschine. Er schaute sich noch einmal um und sah Gilgamesch in der Ferne stehen. Er winkte ihm zum Abschied.

Dann startete er die Maschine und kehrte in seine Zeit zurück. Er war froh, wieder zu Hause zu sein, aber er wusste, dass er seine Abenteuer mit Gilgamesch nie vergessen würde.

Er legte die goldene Münze auf seinen Tisch und schaute sie an. Er dachte an Gilgamesch und lächelte. Es war ein gutes Abenteuer.

1. Abschied - Farewell
2. Dankbarkeit - Gratitude
3. Erinnerung - Memory
4. Festmahl - Feast
5. Fleisch - Meat
6. Garten - Garden
7. Geschenk - Gift
8. Getroffen - Met
9. Kuchen - Cakes
10. Lachen - Laughter

11. Leckeres - Delicious
12. Münze - Coin
13. Rückkehren - To return
14. Spannend - Exciting
15. Tasche - Bag
16. Traurig - Sad
17. Uhr - Watch
18. Umarmten - Embraced
19. Vermissen - To miss
20. Zuhause - Home

Abenteuer bei König Artus

1. Die Reise ins alte Britannien

Konrad steht in seinem Labor. Überall sind Bücher und seltsame Geräte. In der Mitte des Raumes ist eine große, seltsame Maschine: seine Zeitmaschine.

Konrad sagt zu sich selbst: "Heute ist der große Tag. Ich werde König Artus treffen." Er schaut auf seine Zeitmaschine.

Er geht zur Maschine und berührt einen glänzenden Knopf. "Jetzt passiert es!" sagt er und drückt den Knopf.

Plötzlich dreht sich alles. Konrad fühlt sich, als würde er durch einen Wirbel fallen. "Oh!" ruft er.

Alles wird ruhig. Konrad öffnet die Augen und sieht Sonnenlicht durch die Bäume. "Ich bin da! Im alten Britannien!" sagt er glücklich.

Konrad geht durch den dichten Wald. Die Blätter rascheln unter seinen Füßen. "So schön hier," denkt er.

Nach einer Weile sieht Konrad eine große Burg auf einem Hügel. "Das muss sie sein!" ruft er und rennt zur Burg.

Vor der Burg trifft Konrad einen Ritter in glänzender Rüstung. "Hallo! Wer bist du?" fragt der Ritter.

Konrad antwortet: "Ich bin Konrad, ein Reisender aus ferner Zeit."

Der Ritter schaut ihn neugierig an. "Ein Zeitreisender? Folge mir. König Artus will alle Fremden treffen."

Sie gehen zusammen in einen großen Saal. Viele Ritter sitzen dort. In der Mitte sitzt ein edler Mann – König Artus.

König Artus sieht Konrad an und sagt: "Willkommen, Konrad. Erzähle uns von dir."

Konrad erzählt von seiner Zeit und wie er hierhergekommen ist. Die Ritter hören aufmerksam zu.

"Das ist eine erstaunliche Geschichte," sagt König Artus. "Du musst bei uns bleiben und uns helfen."

Konrad fühlt sich geehrt. "Ich werde mein Bestes tun, um euch zu helfen, König Artus."

Die Ritter klatschen. Konrad fühlt sich willkommen. Er weiß, dass dies der Beginn eines großen Abenteuers ist.

1. Abenteuer - Adventure
2. Berührt - Touches
3. Blätter - Leaves
4. Burg - Castle
5. Edler - Noble
6. Erstaunliche - Amazing
7. Ferner - Distant
8. Glänzender - Shining
9. Hügel - Hill
10. Knopf - Button
11. Labor - Laboratory
12. Rascheln - Rustle
13. Reisender - Traveler
14. Ritter - Knight
15. Rüstung - Armor
16. Saal - Hall
17. Seltsam - Strange
18. Wirbel - Whirl
19. Zeitmaschine - Time machine
20. Zeitreisender - Time traveler

2. Begegnung mit den Rittern

Konrad steht in einem großen Raum. Viele Ritter sitzen um einen großen, runden Tisch. Sie schauen Konrad an.

"Willkommen bei der Tafelrunde," sagt König Artus. Er steht auf und gibt Konrad die Hand.

"Danke, König Artus," sagt Konrad. "Ich komme aus der Zukunft. Ich habe eine Zeitmaschine."

Die Ritter schauen sich an. "Eine Zeitmaschine?" fragt einer der Ritter.

"Ja," sagt Konrad. "Ich kann damit in die Vergangenheit und Zukunft reisen."

Die Ritter sind sehr beeindruckt. "Das ist unglaublich," sagt ein anderer Ritter.

Dann wird König Artus ernst. "Konrad, wir brauchen deine Hilfe. Eine Prinzessin wurde entführt. Kannst du uns helfen, sie zu retten?"

"Natürlich," sagt Konrad. "Ich will helfen."

Alle stehen auf. Sie nehmen ihre Rüstungen und Schwerter.

"Los geht's," sagt König Artus. Sie gehen nach draußen und reiten auf ihren Pferden durch den Wald.

Im Wald ist es dunkel und gefährlich. Sie hören Geräusche. "Seid vorsichtig," sagt Konrad.

Plötzlich springen böse Ritter aus dem Busch. "Angriff!" ruft König Artus.

Konrad und die Ritter kämpfen tapfer. "Für die Prinzessin!" ruft Konrad.

Sie gewinnen den Kampf. "Gut gemacht," sagt König Artus. "Weiter!"

Sie reiten weiter und finden die Prinzessin. Sie ist in einem Turm.

"Keine Angst," sagt Konrad. "Wir sind hier, um dich zu retten."

Die Prinzessin lächelt. "Danke," sagt sie.

Sie bringen die Prinzessin zurück zum Schloss. Alle sind sehr glücklich.

"Du bist ein Held, Konrad," sagt die Prinzessin.

Es gibt ein großes Fest. Es gibt Musik und Tanz. Konrad fühlt sich wie ein Teil der Gruppe.

Aber er schaut zum Himmel. "Ich muss bald zurück," denkt er. "Aber jetzt feiere ich mit meinen neuen Freunden."

1. Angriff - Attack
2. Beeindruckt - Impressed
3. Begegnung - Encounter
4. Entführt - Kidnapped
5. Fest - Celebration
6. Gefährlich - Dangerous
7. Geräusche - Noises
8. Himmel - Sky
9. Prinzessin - Princess
10. Reiten - Ride (on horses)
11. Rettet - Saves (from "to save")
12. Ritter - Knights
13. Rüstungen - Armors
14. Schwerter - Swords
15. Tapfer - Bravely
16. Tafelrunde - Round Table
17. Turm - Tower
18. Vergangenheit - Past
19. Zukunft - Future
20. Zuschauen - To watch or to look on

3. Das geheime Turnier

Konrad wacht auf. Heute ist ein besonderer Tag. "Heute ist das Turnier," denkt er.

Konrad geht nach draußen. Die Sonne scheint. Alle sind schon da.

Ein Ritter kommt zu ihm. "Konrad, du kämpfst auch heute!" sagt der Ritter.

Konrad ist aufgeregt. "Ich? Aber ich bin kein Ritter," sagt er.

"Keine Angst, Konrad. Wir haben alles für dich," sagt der Ritter. Er gibt Konrad eine Rüstung und ein Schwert.

Konrad zieht die Rüstung an. Sie ist schwer, aber er fühlt sich stark.

Das Turnier beginnt. Konrad steht da. Sein erster Kampf beginnt.

Konrad ist nervös, aber er kämpft gut. Die Menschen rufen: "Konrad! Konrad!"

Konrad gewinnt den ersten Kampf. Dann den zweiten. "Ich kann es nicht glauben!" sagt er.

Die Ritter kommen zu ihm. "Konrad, du bist sehr tapfer!" sagen sie.

König Artus kommt auch. "Gut gemacht, Konrad," sagt er. Konrad lächelt.

Am Abend gibt es ein großes Fest. Es gibt Musik und Essen.

Konrad tanzt mit den Rittern. Er tanzt auch mit der Prinzessin. "Du bist ein Held," sagt sie.

Konrad ist sehr glücklich. Er erzählt ihnen von seiner Zeit und seiner Welt. Alle hören zu.

Aber Konrad denkt auch an zu Hause. Er genießt die Party, aber er weiß, er wird bald zurückmüssen.

Das Fest geht weiter. Konrad lacht und tanzt. "Das ist eine schöne Zeit," denkt er. "Ich werde das nie vergessen."

1. Aufgeregt - Excited
2. Besonderer - Special
3. Erzählt - Tells
4. Fest - Celebration
5. Gewinnt - Wins
6. Kämpft - Fights
7. Kampf - Fight
8. Lacht - Laughs

9. Nervös - Nervous
10. Prinzessin - Princess
11. Ritter - Knight
12. Rüstung - Armor
13. Scheint - Shines
14. Schwert - Sword
15. Sonne - Sun
16. Tapfer - Brave
17. Tanz - Dance
18. Turnier - Tournament
19. Zieht an - Puts on

4. Abschied von Artus

Die Sonne geht auf. Es ist ein neuer Tag. Aber heute ist ein trauriger Tag für Konrad.

Konrad steht vor König Artus und den Rittern. "Es ist Zeit für mich, zurückzugehen," sagt Konrad.

Alle stehen still. Sie schauen traurig.

König Artus kommt zu Konrad. "Danke, Konrad. Du hast uns sehr geholfen," sagt er. "Wir werden dich nicht vergessen."

Die Ritter kommen auch. Sie geben Konrad ein kleines Geschenk. "Ein Andenken für dich," sagt ein Ritter.

Konrad schaut das Geschenk an. Es ist schön. Konrad fühlt sich traurig und froh zugleich.

"Danke, ihr alle. Ich werde euch auch nicht vergessen," sagt Konrad.

Konrad geht langsam zu seiner Zeitmaschine. Er schaut noch einmal zurück. Er sieht die Burg, die Ritter und König Artus.

Konrad fühlt sich sehr traurig. Aber er weiß, er muss gehen.

Er drückt den Knopf an seiner Zeitmaschine. Die Maschine startet. Alles wird schnell.

Plötzlich ist alles still. Konrad ist zurück in seinem Labor.

Er steht da und schaut sich um. Er ist wieder zu Hause.

Konrad nimmt das Andenken. Er schaut es an und lächelt.

"Ich habe viele Abenteuer erlebt. Ich habe neue Freunde gefunden," denkt er.

Konrad ist glücklich, wieder zu Hause zu sein. Aber er denkt an die Zeit mit König Artus und den Rittern.

"Vielleicht eines Tages...," denkt Konrad.

Jetzt ist Konrad wieder in seiner eigenen Zeit. Er hat viele Erinnerungen. Er ist bereit für neue Abenteuer.

1. Andenken - Souvenir
2. Bereit - Ready
3. Burg - Castle
4. Drückt - Presses
5. Erlebt - Experienced
6. Froh - Glad
7. Geholfen - Helped
8. Geschenk - Gift
9. Knopf - Button
10. Langsam - Slowly
11. Ritter - Knight
12. Schaut - Looks
13. Still - Quiet
14. Traurig - Sad
15. Vergessen - Forget
16. Zeitmaschine - Time machine
17. Zurückgehen - To go back
18. Zurück - Back
19. Zugleich - At the same time

German Graded Readers

For more books and E-book options visit:

www.briansmith.de